Buch

Eine gute Detektivin geht ihren Weg immer allein. So ist es nur konsequent, daß Bella Block sich nach dem »Weinschröter-Fall« aus der Tretmühle des Polizeidienstes verabschiedet hat und fortan ihr nicht unkomfortables Leben durch »nationale und internationale Ermittlungen« finanziert. Diese führen sie an einen süditalienischen Badestrand von betörender Tristesse. Der Blankeneser Geschäftsmann Paul Korthum hat Bella engagiert, um seine von ihm getrennt lebende Frau Marianne beschatten und in flagranti mit einem Latin Lover erwischen zu lassen. Doch die Dame hat mit Liebe nichts im Sinn, eher schon mit Geschäften, und zwar mit schmutzigen. Es geht um Mädchenhandel, um die Mafia und ein Bordell in Blankenese, und Bella muß ohne Skrupel ihre Beretta einsetzen, um zu überleben.

Autorin

Doris Gercke, 1937 in Greifswald geboren, lebt seit 1949 mit einer Unterbrechung von zehn Jahren Provinz in Hamburg. Nach ihrer Lehre als Verwaltungsbeamtin war sie Hausfrau und Mutter, arbeitete als Büroangestellte, machte das Begabtenabitur und absolvierte ihr Jura-Examen. 1990 wurde sie mit der Mimi, dem deutschen Krimi-Oscar, für den besten Kriminalroman des Jahres ausgezeichnet.

»Doris Gerckes Bücher haben Charme. Sie sind witzig, weil die Autorin die gängigen Muster von Kriminalromanen durchbricht und noch auf der letzten Seite mit unerwarteten Pointen aufwartet. Weder sind ihre Frauenfiguren alle Engel noch die Männer alle Machos, es gibt widerliche weibliche und sympathische männliche Exemplare.«
Deutsches Allgemeines Sonntagsblatt

Außerdem von Doris Gercke bei Goldmann:

Weinschröter, du mußt hängen (9971)

Doris Gercke

Nachsaison

Roman

GOLDMANN VERLAG

Umwelthinweis:
Alle bedruckten Materialien dieses Taschenbuches
sind chlorfrei und umweltfreundlich.

Der Goldmann Verlag
ist ein Unternehmen der Verlagsgruppe Bertelsmann

Made in Germany · 2. Auflage · 4/93
Genehmigte Taschenbuchausgabe

Umschlaggestaltung: Design Team München
Umschlagfoto: Design Team München
Satz: IBV Satz- und Datentechnik GmbH, Berlin
Druck: Elsnerdruck, Berlin
Verlagsnummer: 9972
Lektorat: Ge
Herstellung: Sebastian Strohmaier
ISBN 3-442-09972-2

Sie nahmen ihn einfach mit. Entgegen ihrer Gewohnheit suchten sie den Laden seiner Eltern zuletzt auf. Einige ahnten deshalb, daß etwas Unangenehmes bevorstand, und blieben von der Straße weg.

Sie betraten die Küche, in der der Fernseher lief. Tu was, sagte die Frau.

Sie sah den Mann an. Der Mann wandte sich um und warf einen Blick auf die Burschen an der Tür. Dann sah er wieder auf den Bildschirm.

Sie hatten die Tochter gehabt, und sie würden den Sohn mitnehmen. Man mußte etwas tun.

Tu was, sagte sie noch einmal.

Der Mann verließ die Küche, ohne ein Wort zu sagen. Im Licht des Fernsehers sah sein braunes Gesicht bläulich aus. Sie ließen dem Jungen den Vortritt. Im Hinausgehen schlug der Dunkle die Frau, die versucht hatte, ihnen zu folgen.

Als sie zusammen mit dem Jungen aus dem Laden kamen, war die Straße verlassen. Auch später kam an diesem Abend niemand mehr vor die Tür.

Sie gingen mit dem Jungen die Straße bis zum Ende und an den Strand. Er sah sich nicht um, wozu, es würde ihm niemand helfen. Zwischen ihnen wurde nichts besprochen. Nur einmal sagte der Blonde:

Mach das Maul auf.

Der Junge fiel in den Sand. Sie suchten ein Brett und schoben es ihm unter die Schulter. Die Plastiktüte mit dem Arm legten sie seinen Eltern vor den Laden. Dann fuhren sie weiter. Es war etwa 22.00 Uhr. Das Dorf war leer.

Die Frau schrie den ganzen Tag und noch die folgende Nacht. Dann hörte sie auf. Sie hatten die Tochter zerstört, den Sohn getötet und sie dazu gebracht, ihren Mann zu verachten.

Angemessenes Schreien wäre sowieso nicht möglich gewesen.

Ich möchte, daß du heute um vier fertig bist, Carlos.

Bella stand mit dem Rücken zum Zimmer und sah aus dem Fenster auf den toten Hafen. Elbaufwärts kam langsam ein mit Containern beladener Frachter heran. Die langsame Fahrt, die glatten Schiffswände und die hoch aufgetürmten Container verstärkten den leblosen Eindruck der Hafenlandschaft.

Es ist gleich vier.

Seine Stimme klang enttäuscht. Er hatte eine weiche, dunkle Stimme und sprach ein wunderbares Spanisch.

Ich weiß, Carlos. Stell das Tablett auf den Schreibtisch und nimm zwei Gläser, bitte.

Bellas Spanisch war schnell besser geworden. Sie beglückwünschte sich noch immer zu der Idee, Carlos angestellt zu haben.

Vor ein paar Monaten hatte sie das Haus gefunden; eine winzige „Villa“, in Wirklichkeit eine Bruchbude am Elbhang. Sie hatte das Haus möbliert gemietet. Niemals, so hatte sie sich geschworen, würde sie wieder eigene Möbel oder ein eigenes Haus besitzen.

Es war ihr schwergefallen, das schöne, alte Haus in Roosbach aufzugeben. Als der Makler, dem sie den Verkauf des Hauses samt Inventar übergeben hatte, zu einer ausführlichen Beschreibung der Käufer ansetzte, hatte sie ihn unterbrochen. Sie wollte sich niemand anders dort vorstellen. Es war ganz deutlich, daß sie eine Wunde davongetragen hatte – eine überflüssige, wie sie fand –, die sie sich freiwillig nie wieder zufügen lassen wollte.

Die Idee, einen Spanier einzustellen, der ihr die unangenehme Hausarbeit abnahm, war ihr während des Einzugs in das neue Haus gekommen. Sie hatte mit zwei Schrankkoffern, die ihre gesamte Habe enthielten und auf dem gebrauchten Polizeiporsche festgemacht waren, ziemlich lange an der Kreuzung warten müssen. Ein Demonstrationszug blockierte den Verkehr. Die fröhliche Gruppe spanischer Arbeiter, die ihr aus dem Zug zugewinkt hatten, war ihr wieder eingefallen, als sie dann in dem neuen Haus zwischen den verstaubten Möbeln gesessen hatte.

Gleich am nächsten Tag hatte sie im örtlichen Anzeigenblatt eine kleine Annonce aufgegeben: Spanier für Hausarbeiten gesucht. Vier Männer hatten sich in den folgenden Tagen bei ihr vorgestellt. Sie hatte Carlos genommen, weil er am wenigsten Deutsch sprach. Jetzt kam er schon seit fünf Monaten. Das Haus war inzwischen sauber, die alten, schwarz-braunen Möbel glänzten, das bunte Glas der kleinen Lampen leuchtete, die Fensterscheiben waren durchsichtig und Bellas Spanisch wieder ganz passabel.

Jedenfalls, dachte sie, reicht es, um das Schild an der Haustür ein weiteres Mal zu rechtfertigen. Sie hatte es anfertigen lassen, noch bevor sie eingezogen war. Carlos' erste Aufgabe war es gewesen, das Ding anzubringen.

B. BLOCK. Nationale und internationale Ermittlungen stand in schwarzer Schrift auf weißer Emaille. Sie hatte Carlos gebeten, das Schild nicht zu putzen. Inzwischen sah es aus, als sei es beim Bau des Hauses vor etwa achtzig Jahren dort angebracht worden.

Hinter ihr stellte Carlos das Tablett mit den zwei Gläsern und der Wodkaflasche auf den Schreibtisch. Bella lächelte ihm freundlich zu.

Auch das Eis, bitte, Carlos.

Sie gab sich große Mühe, ihm die Arbeit so angenehm wie möglich zu machen, denn sie hatte schnell gemerkt, daß er sich mit der Rolle des Aufwartemannes zuviel zugemutet hatte. Seine unglückselige Erziehung zur »Männlichkeit« stand ihm dauernd im Wege.

Er ging noch einmal hinaus.

Der Frachter war inzwischen elbaufwärts verschwunden. Eine kleine, weiße Barkasse überquerte die Elbe in Richtung Finkenwerder. Unter dem offenen Dach stand ein einzelnes Pärchen an der Reeling. Der Schal des Mannes flatterte im Wind.

Carlos klirrte mit den Eiswürfeln. Sie wandte sich

um. Er hatte sich inzwischen umgezogen. In der eleganten, weiten Hose und dem schwarzen Leinenjackett hätte er in jede bessere Modeanzeige gepaßt. Bella hatte ihn im Verdacht, daß er sein sauer verdientes Geld ausschließlich zu den Herrenausstattern im Hanse-Viertel trug.

Auf Wiedersehen, Carlos.

Er lächelte freundlich, und sie bewunderte nicht nur seine Erscheinung, sondern auch dieses Lächeln. Es mußte ihn eine Menge Kraft kosten.

Wir sehen uns in einer Woche?

Ja, natürlich.

Bella lächelte freundlich zurück. Carlos hob leicht die Hand, wandte sich um, und kurz darauf hörte sie ihn die Haustür sorgfältig und leise hinter sich ins Schloß ziehen. Sie ging an den Schreibtisch, goß ein wenig Wodka in eins der Gläser, tat drei Eiswürfel dazu und stellte sich wieder ans Fenster. Auch die Barkasse war jetzt verschwunden. Der Himmel war grau, das Wasser des Flusses war grau, die Blätter der alten Kastanie, die am Hang über ihrem Haus stand, segelten gelb am Fenster vorbei. Bella hob das Glas und trank ihnen zu. Sie konnte sich nicht erinnern, daß es ihr jemals so gut gegangen war wie in den Monaten, seit sie den Polizeidienst aufgegeben hatte.

Als es an der Haustür klingelte, stellte sie das Glas auf die Fensterbank und ging, um zu öffnen.

Es war nicht Beyer.

Vor ihr stand eine sehr junge, sehr elegante Frau, die

sofort an ihr vorbei durch den Hausflur ging und sich neben den Schreibtisch setzte. Bella blieb nichts anderes übrig, als der Frau zu folgen. Sie ging zurück ans Fenster, nahm ihr Glas wieder in die Hand und lehnte sich mit dem Rücken an die Fensterbank. Niemand sagte etwas. Die Frau sah mit interessiertem Blick auf das zweite Glas auf dem Tablett, und als Bella ihr zunickte, stand sie auf und goß sich einen kräftigen Schluck Wodka ein. Sie tat das weder hastig noch zögernd, sondern so normal, als säße sie unbeobachtet bei sich zu Hause vor dem Fernseher und wäre dabei, sich ihre abendliche Dröhnung zu besorgen. Überhaupt ging von ihr eine unerhörte Selbstsicherheit aus. Und wenn man davon absah, daß es vielleicht etwas ungewöhnlich war, daß eine kaum Zwanzigjährige nachmittags um vier mit der größten Selbstverständlichkeit Wodka aus einem Wasserglas trank, war eigentlich alles an ihr in Ordnung. Bella lächelte ihr zu, sie lächelte zurück.

Wir…

Das Wort hing eine Weile im Raum. Anscheinend wollte sie warten, daß es wieder verschwand, denn es war offenbar nicht das richtige gewesen. Bella hatte die Vorstellung von einem hellblauen Wortwölkchen, das sich langsam in Luft auflöste, und wartete geduldig, bis nichts mehr davon zu sehen war.

Ich habe Ihre Anzeige gelesen. Bevor ich Ihnen nähere Einzelheiten erzähle, wäre eine Grundsatzfrage zu klären. Wieviel nehmen Sie, um jemanden beiseite zu schaffen?

Bella dachte nach. Über ihren Kontostand, die beiden Aufträge, die sie seit Mai gehabt hatte, und ihren Lebensunterhalt. Um ein Jahr angenehm leben zu können, wären sechzigtausend nicht schlecht gewesen.

Ich bringe keine Leute um, sagte sie, ging an das Tablett, goß sich noch einen Wodka ein und setzte sich hinter den Schreibtisch.

Ich verstehe das, sagte die Kleine verständig. Wenn es so einfach wäre, würde ich es selbst machen. Sie müssen nur wissen, ich habe überhaupt keine Erfahrung in solchen Sachen. Mir wäre schon lieber, wenn Sie die Geschichte erledigen würden.

Muß es denn unbedingt Mord sein?

Bella gefiel die Frau noch immer. Sie sprach von Mord wie andere Frauen vom Wäschewaschen. Das war sehr unwirklich und gleichzeitig sehr real.

Ich denke schon, sagte das Mädchen, und sah dabei sehr jung und unschuldig aus und nur ein ganz kleines bißchen durchtrieben.

Wissen Sie, ich könnte ihn verlassen. Aber der nächsten würde es ebenso gehen wie mir, und damit wäre niemandem gedient. Und, ich will ganz offen sein, gewisse geschäftliche Interessen meinerseits scheinen mir bei dieser Lösung auch am besten gewahrt.

Bella betrachtete aufmerksam die Veränderung, die bei den letzten Worten auf dem Gesicht ihrer Gesprächspartnerin vor sich gegangen war. Trotz der gestelzten Sprache sah sie plötzlich ziemlich billig aus. Bella fand sie mit einem Mal zu stark geschminkt, und ihre Stimme hatte einen zynischen Unterton bekommen. Sie erinnerte Bella an bestimmte intelligente Bardamen in bestimmten Etablissements, die sie während ihrer Arbeit als Polizistin manchmal aufgesucht hatte, um verschwundene minderjährige Mädchen zu suchen. Diese Frauen waren nie um eine ausweichende Antwort verlegen. Und wenn man sie in die Enge trieb, erzählten sie eine rührselige Geschichte von einem Vater oder Onkel oder Bruder, der sie vergewaltigt hatte. Was sie offenbar nicht daran hinderte, andere Mädchen in den von ihnen verwalteten Etablissements vergewaltigen zu lassen und damit so viel Geld zu verdienen, daß sie sich in den gleichen teuren Boutiquen einkleiden konnten wie ausgehaltene Freundinnen gut verdienender Ehemänner.

Es klingelte zum zweiten Mal an der Haustür. Warten Sie, bitte, einen Augenblick, sagte Bella und ging, um Beyer die Tür zu öffnen. Sie hatte sich das Wiedersehen ein bißchen anders vorgestellt.

Bitte, geh einen Moment nach oben, sagte sie leise. Sie zeigte auf die schmale, steile Treppe.

Mein Besuch ist gleich verschwunden.

Die junge Frau saß noch immer neben dem Schreibtisch. Das Glas hatte sie abgestellt. Es war leer. Bella hatte keine Lust mehr, sich mit ihr zu unterhalten.

Es tut mir leid, sagte sie. Sie müssen jetzt gehen. Und wenn ich Ihnen raten darf, dann versuchen Sie es trotzdem mit Verlassen. Es ist auf jeden Fall billiger.

Das würde ich nun gerade nicht sagen.

Die Frau lächelte.

Sie trug sehr teure, leuchtend grüne Schuhe und das raffinierteste dunkelblaue Kostüm, das Bella je gesehen hatte. Ihren Hals zierte eine feine Platinkette, deren verschlungenes Muster sich auf dem Ring an ihrer linken Hand wiederholte.

Unser Geschäft wäre zu Ihrem Vorteil gewesen. Aber so... Bitte, vergessen Sie meinen Besuch.

Ich sagte schon, antwortete Bella, ich bringe keine Leute um. Und Sie sollten ebenfalls die Finger davon lassen.

Ciao.

Die Kleine stand auf und ging. An der Tür drehte sie sich noch einmal um und sah auf Bellas Füße.

Sie haben wunderschöne Füße, sagte sie. Ich würde den Nagellack eine Idee heller wählen, das macht sie noch schöner.

Die Tür fiel ins Schloß, und zurück blieb ein zarter Duft nach Blankenese mit einer nicht ganz unbekannten Beimischung, die Bella nachdenklich stimmte.

Das Eis in der Schale war geschmolzen. Sie trug das Tablett in die Küche, stellte zwei saubere Gläser darauf und füllte die Schale mit neuen Eisstücken. Dann ging sie zurück ins Wohnzimmer und setzte sich in den alten, ledernen Sessel, in dem vor ihr wahrscheinlich ein Kapitän seinen Lebensabend verbracht hatte, auf die Elbe sehend, Kautabak kauend und allein; was sie aus dem Zustand schloß, in dem sie das Haus übernommen hatte. Auf dem Fluß mühte sich ein später Segler. Seine von Marianne Korthum langsam braun färbte. Sie sah hinter ihr her, wie sie die Dorfstraße entlang zum Meer ging, zahlte dann ihren Milchkaffee und ging hinüber zum Campingplatz.

Das eiserne Tor war nur angelehnt. Sie ging über hartgetrockneten Lehmboden, vorbei an zwei oder drei schlafenden Hunden, bis zu einem niedrigen Gebäude, einer Art Stall, vor dem in einigen Kästen halb vertrocknete grüne Bohnen, runzelige Mohrrüben und faulende Tomaten lagen. Neben den flachen Steinstufen saß ein nacktes Kind im Staub und kaute an einer Speckschwarte. Im Innern des Hauses weinte ein Säugling. Die junge Frau, die ihr entgegentrat, war schwanger.

Bella kaufte zwei verschrumpelte Orangen und erkundigte sich nach der Korthum. Die Frau, an deren Rock inzwischen zwei kleine, halbnackte Kinder hingen, zeigte unbestimmt auf einen der Wohnwagen. Sie nahm das Geld für die Orangen schweigend entgegen und verschwand im Hintergrund des niedrigen, dunklen Raumes, aus dem es nach Gewürzen und Windeln roch.

Bella ging über den harten, kahlen Boden an den Wohnwagen entlang. Es mochten etwa dreißig sein. Ein Hund, dessen rechte Vorderpfote verkrüppelt war, humpelte ihr entgegen. Die Wohnwagen waren unbewohnt, vielleicht kamen die Gäste nur am Wochenende oder in der Hauptsaison. Vor dem letzten war ein Vordach aufgespannt. Darunter stand ein kleiner Tisch, auf dem eine deutsche Illustrierte lag. Daneben ein Campingstuhl. Der Wagen war abgeschlossen. Bella sah durch ein Fenster in den Innenraum, der aufgeräumt war. Nur ein paar teure Kosmetikutensilien und ein weißer Bademantel waren zu sehen.

Bella ging langsam über den Platz zurück. Der Hund mit der verkrüppelten Pfote folgte ihr humpelnd, und ohne einen Laut von sich zu geben. Die Hunde, die am Tor gelegen hatten, waren verschwunden, bis auf eine riesige, räudige Hündin mit rosabraunen Zitzen unter dem aufgequollenem Bauch. Sie machte einen unruhigen Eindruck. Vielleicht stand sie kurz vor der Niederkunft.

Bella schloß sorgfältig das Tor hinter sich. Im Hotel kramte sie ihren alten Bikini aus der Reisetasche hervor, nahm ein Hotelhandtuch und ging an den Strand. Es war nicht schwierig, die Korthum zu entdecken, denn am Strand waren kaum Menschen. Sie lag, das Gesicht bedeckt vom Schatten des blauen Sonnenschirms, schmal und reglos in der Sonne und vermittelte einen Eindruck äußerster Ruhe und Abwesenheit. Zwei Gruppen von Italienern und ein struppiger, gelb-grauer Hund, der davonlief, als Bella auf ihn zuging, stellten das Badeleben dar. Und Bella natürlich, die sich in ihren etwas zu kleinen, roten Bikini zwängte und sich auf das viel zu kleine Handtuch legte, wobei sie beschloß, umgehend eine Strandmatte zu kaufen. Auf dem Handtuch lag sie entweder mit dem Rücken oder mit dem Hintern im Sand; auch das entsprach ihren Vorstellungen von einem angenehmen Badeleben nur entfernt.

Gegen dreizehn Uhr erhob sich die Korthum, die sich bis dahin, offenbar von einer inneren Uhr gesteuert, jede halbe Stunde einmal gewendet hatte, und ging in das einzige noch geöffnete Strandcafé. Bella, vom Liegen in der Sonne und von Langeweile betäubt, folgte ihr nach ein paar Minuten über den heißen Sand. Es war ihr völlig egal, daß die Korthum den Eindruck haben mußte, sie interessiere sich für sie. Und im übrigen interessierte sie sich in ihrem augenblicklichen Zustand für niemanden.

Unter dem zerfledderten Binsendach des Strandcafés wehte ein zarter Wind. Bella ging an den Tresen und ließ sich von einem mürrischen Kellner einen doppelten Grappa und eine Flasche Mineralwasser geben. Sie setzte sich an einen Tisch, möglichst weit weg von der dröhnenden Musikbox, auf den am wenigsten beschädigten Stuhl. Als sich ihre Augen an das dunkel flirrende Licht unter dem Dach gewöhnt hatten, sah sie neben der Musikmaschine eine hölzerne Bank, die einmal türkis angestrichen gewesen und deren Farbe jetzt verblichen war. Auf der Bank saß eine sehr magere, grauhäutige junge Frau in schwarzem Badeanzug und rauchte. Vor der Musikbox tanzte ein kleines Mädchen in einem rosa Tüllkleid.

Am Tisch neben Bella saß die Korthum, aß ein Eis und blickte aufs Meer, das jetzt, in der Mittagshitze, wenigstens zum Ufer hin den Versuch machte, blau auszusehen. Der Himmel aber war grau, und der graue Rand des Meeres und der Horizont gingen irgendwo ganz hinten ineinander über, ohne daß sich feststellen ließ, wo das Wasser aufhörte und wo der Himmel anfing. Als die Korthum aufstand und sich an Bellas Tisch setzte, hatte es ein gütiges Schicksal gerade gefügt, daß der liebevollen Mutter auf der Bank neben der Musikbox das Kleingeld ausgegangen war. Einen Augenblick lang breitete sich eine Stille unter dem Sonnendach aus, die so wunderbar war, daß Bella den Eindruck hatte, sogar das Meer leuchte vor Dankbarkeit etwas blauer als vorher.

Natürlich hat er Sie geschickt, sagte die Korthum in die Stille hinein, aber das ist mir egal. Und ihm wird es nichts nützen.

Bella antwortete nicht, sie genoß noch immer die Stille. Die Korthum stand auf, warf einen mitleidigen Blick auf die Außenseiten von Bellas Oberschenkeln, die leuchtend rot waren, und sagte in das einsetzende Gebrüll des Mädchens vor der Musikbox hinein einen Satz, den Bella nicht verstand, in dem aber der Name eines teuren Sonnenschutzmittels vorkam. Dann wandte sie sich ab, das löcherige Binsendach warf ein paar zitternde Schatten auf ihren hellbraunen Rücken. Langsam ging sie über den heißen Sand zurück zu ihrem Sonnenschirm.

Bella ging an den Tresen und ließ sich ein paar Münzen für den Musikautomaten geben. Die gab sie der ungerührt rauchenden Mutter auf der Bank, denn sie fand das Gebrüll noch unerträglicher als die Musik. Die Frau stand schweigend auf und ließ die Münzen im Oberteil gelbe Öljacke leuchtete über dem Wasser. Es wurde früh Herbst in diesem Jahr. Bella meinte, den Geruch von Herbst durch das geschlossene Fenster wahrzunehmen. Aber vielleicht sollte sie nachsehen, weshalb Beyer nicht auftauchte. Er mußte doch gehört haben, daß die Frau gegangen war.

Bella stand auf und stieg die Treppe hinauf. Unter dem Dach befand sich ein einziger Raum, von dem das Bad abgeteilt war. In dem riesigen Bett, das fast so breit war wie die Giebelwand mit den kleinen Fenstern, lag Beyer und schlief. Er hatte seine Sachen sorgfältig über einen Sessel gehängt. Obenauf lag die Dienstpistole. Während sie sich leise auszog, betrachtete sie ihn. Er sah sehr jung aus und ein bißchen erschöpft. Als sie vorsichtig zu ihm ins Bett kroch, öffnete er die Augen, ohne sich zu bewegen, sah sie an und lächelte.

Deine Haare sind noch grauer geworden.

Für den Anfang werde ich erst mal deine Schultern küssen, sagte sie und legte sich auf ihn.

Er ging am Morgen gegen sechs, glücklich und unausgeschlafen. Bella schlief bis zum Mittag. Dann holte sie die Milchflasche, die beiden Brötchen und die Zeitungen herein. Sie deckte sorgfältig den Frühstückstisch auf einer Ecke des Schreibtisches und begann die Zeitung zu lesen.

Der israelische Staatspräsident hatte die Auffassung geäußert, die Idee, zwischen Palästinensern und Israelis bestehe ein Konflikt, sei eine Erfindung. Wenige Zeilen darunter wurde darüber informiert, daß bisher zweihundertfünfzig Palästinenser, zum größten Teil Kinder und Jugendliche, von israelischen Soldaten getötet worden waren. Im Wirtschaftsteil fanden sich einige Angaben über die Höhe der Umsätze in der Porno-Industrie und der Hinweis, daß ein Viertel der Stahlarbeiter, zur Zeit Titelseiten-Thema, sich inzwischen »heimlich« einen anderen Arbeitsplatz besorgt hätte.

Gesegnet sei das System, dachte sie, das jedem Arbeit bietet. Stahlarbeitern, jedenfalls einem Viertel, Porno-Produzenten – die produzieren für den Rest, damit der sich nicht langweilt – und Revolutionären, die haben wenigstens noch eine Perspektive. Irgendwann wird sie schon kommen, die Revolution.

Sie legte die Zeitung beiseite, weil sie keine Lust hatte, sich die gute Laune verderben zu lassen. Automatisch griff sie nach der neben der Kaffeetasse liegenden Lokalzeitung und blätterte darin herum. Tennisspielende Albinos und säulenbeinige Fußballspieler interessierten sie nicht. Aber diesmal war die Sportseite aus einem anderen Grund interessant. Unter der Rubrik »Lokalsport« prangte das Foto zweier Tennisspielerinnen. Die linke war eindeutig die junge Frau, die gestern versucht hatte, sie für einen Mord zu engagieren. Aufmerksam las Bella den Text unter dem Foto: »Karen Arnold (links) gewann am Wochenende in einem spannenden Spiel das Dameneinzel in der diesjährigen Meisterschaft des TuS Blankenese. Ihre Gegnerin...« Bella betrachtete das Foto genau. Ein Irrtum war nicht möglich. Genauso selbstsicher und elegant, wie sie ihr gestern gegenüber gesessen hatte, lächelte sie jetzt aus dem Bild.

Der Tennisclub galt als sehr zurückhaltend in der Aufnahme von Mitgliedern. Praktisch gab er seine Zurückhaltung erst bei einem Jahreseinkommen von 100000 DM auf. Bella konnte sich nicht erinnern, einen Ehering an der Hand der Frau gesehen zu haben. Ihr Freund hatte offenbar Geld. Sie nahm das Telefonbuch zur Hand, suchte unter dem Namen Arnold und fand ihn mit der dazugehörigen feinen Adresse.

Eine merkwürdige Frau, dachte sie. Es fehlt ihr an nichts, und sie plant einen Mord.

Dann stand sie auf, zog den Morgenrock aus und öffnete das Fenster. Vor ein paar Wochen hatte sie das erste Zugeständnis an ihr Alter gemacht und sich jeden Morgen zehn Minuten Gymnastik verordnet. Seit einer Woche wurde sie dabei von einem älteren Herrn beobachtet, der im Gebüsch unter ihrem Fenster saß und betete, daß in diesem Herbst die Blätter etwas langsamer abfallen möchten. Das hätte er nicht nötig gehabt, denn Bella hatte ihn schon am ersten Tag entdeckt. Aber Männer waren ihr im allgemeinen so gleichgültig, daß sie es für überflüssig hielt, wegen eines Voyeurs ihre Gewohnheiten zu ändern. Ihn, hätte er geahnt, daß Bella um seine Anwesenheit wußte, hätte das sicher ernüchtert. Mindestens die Hälfte seines Vergnügens bezog er, wie alle Voyeure, nicht aus dem, was er sah, sondern aus der erniedrigenden Situation, in die er sich begab, um seine Beobachtungen heimlich anzustellen.

Unter der Dusche dachte Bella darüber nach, ob sie Beyer bitten sollte, ihr ein paar Informationen über Karen Arnold zu besorgen. Auch wenn sie bisher nicht polizeilich aufgefallen war, ließ sich das sicher ganz leicht über gespeicherte Daten erledigen. Früher, dachte sie, mußten Privatdetektive oder Polizisten mühsame Erkundungen bei Nachbarn und beim Kaufmann einholen. Wie schön, daß das heute nicht mehr nötig ist.

Sie verwarf den Gedanken, weil sie fand, daß die Sache sie eigentlich nichts anging. Der Himmel über dem Fluß war dunkelgrau. Sie nahm eine Regenjacke vom Haken und verließ das Haus.

Locker lief sie die sechzig Stufen hinunter, ging unten ein Stückchen die alte, unbefahrene Kopfsteinpflasterstraße entlang, an der alte Lagerhallen, eine Schmiede, ein Schiffskontor lagen. Die Gebäude wurden schon lange nicht mehr genutzt. Die Scheiben waren blind, einige eingeworfen. Als sie den Strand erreichte, begann ein stiller, grauer Regen zu fallen. Niemand war um diese Zeit und bei diesem Wetter hier unten. Nach einer Stunde kehrte sie um. Statt Muscheln hatte sie eine Plastikhülle mit bunten Bildern gefunden. Sie hatte im Sand gelegen, etwa dort, wo ein paar Schritte weiter ein schmaler, unter verwilderten Büschen fast verborgener Weg den Hang hinauf und in den Garten eines alten, strohbedeckten Hauses führte. Bella hatte die Hülle in die Jackentasche gesteckt. Wenn sie gewußt hätte, daß sie dabei wütend beobachtet worden war, hätte sie ihren Fund sicher noch interessanter gefunden.

Ein angenehmer Spaziergang, dachte sie, als sie die Treppe am Elbhang emporstieg. Wenn man den Teer und die angeschwemmten Präservative nicht rechnet, die den Strand verschönern. Sie war dabei, vor der Haustür die verschmierten Gummistiefel auszuziehen. Drinnen begann das Telefon zu läuten. Sie brauchte lange, um die Gummistiefel loszuwerden, ohne ihre Hände und die Hauswand mit Teer einzuschmieren. Es läutete auch lange. Sie nahm den Hörer ab und hörte die freundliche Stimme von Karen Arnold.

Sie brauchen aber lange.

Ich war nicht da.

Wie schön, daß Sie's jetzt sind. Ich hab' mir die Sache noch mal gründlich überlegt. Ich glaube, ich werd' das Ganze sein lassen. Wissen Sie, das war nur so eine Idee... Sie zögerte einen Augenblick. Dann sprach sie weiter. Ihre Stimme klang frisch und liebenswürdig.

Man soll nicht jede Idee gleich in die Tat umsetzen, finde ich.

Sie hätten wohl nicht zufällig Lust, mir zu sagen, wem Ihre reizende Idee eigentlich gegolten hat? Jetzt, wo Sie sie fallengelassen haben?

Weshalb nicht? Es ging um meinen Freund, aber Sie werden ihn nicht kennen.

Deutlich war der Blankeneser Unterton zu hören. Bella entdeckte einen Teerfleck auf ihrer Hose.

Natürlich nicht, Herzchen, sagte sie. Und eigentlich ist es mir auch ziemlich wurscht, von wem du dich aushalten läßt. Solange es dir nur Spaß macht.

An der Stille am anderen Ende der Leitung merkte Bella, daß sie eine empfindliche Stelle getroffen hatte. Sie wartete. Aber es kam nichts mehr. Außer, nach einer Weile, das Geräusch, das entsteht, wenn jemand den Hörer sanft auf die Gabel legt.

Es war Zeit für einen Wodka. Sie ging in die Küche und nahm die Flasche aus dem Eisfach; nicht, ohne Carlos einen freundlichen Gedanken zu widmen. Seit er da war, war immer etwas zu essen und zu trinken im Haus. Dann fiel ihr die Plastikhülle wieder ein. Mit dem beschlagenen Glas in der Hand ging sie in den Flur und nahm die Hülle aus der Jackentasche. Im Wohnzimmer stellte sie das Glas auf die Fensterbank, zog die Bilder aus der Hülle, die inzwischen getrocknet war, und legte sie ordentlich in einer Reihe neben das Glas. Es waren zehn Fotos und die dazugehörigen Negative. Abgebildet waren halbe Frauen, jeweils die nackte untere Hälfte und mit Stöckelschuhen. Die Bilder waren anscheinend alle vor derselben Wand gemacht worden. Zwei der Unterteile waren über den Knöcheln mit Ketten an der Wand befestigt. Bella drehte ein Bild um.

»Spiel des Monats: Erkennen Sie die Dame wieder!« Die gleiche Aufforderung fand sich auch auf den anderen Bildern. Aber kein Hinweis, wo dieses hübsche kleine Spiel stattfinden sollte. Bella steckte die Bilder zurück in die Hülle, legte sie in die unterste Schreibtischschublade und ging in die Küche, um sich die Hände zu waschen.

Das ist es, dachte sie, weshalb ich diese Stadt so liebe.

Nieselregen, hin und wieder ein Schiff im Hafen und lauter phantasievolle Männer. Nicht zu vergessen die ehrbare Kaufmannschaft. Und das Ganze bewacht von einer ehrlichen, sauberen Polizei, die jederzeit und unerbittlich zuschlägt, wenn sie von unsauberen Geschäften erfährt.

Als sie das Glas von der Fensterbank nahm und hinaussah, stellte sie fest, daß der Regen stärker geworden war. Fast liebevoll betrachtete sie den gelb glänzenden Abhang und den einzelnen Busch, hinter dem der ältere Herr morgens seiner besonderen Art des Vergnügens nachging.

Wie reizend altmodisch ist er doch, dachte sie.

Aber die Laune war ihr verdorben und wurde auch dadurch nicht besser, daß ihr, wie immer in trüben Augenblicken, ihre Mutter einfiel.

»Über fünfzig, keine Arbeit, keinen Mann. Dabei sprichst du mehrere Sprachen. Mach doch was aus dir. Ich verstehe überhaupt nicht, wie du die Arbeit bei der Polizei aufgeben konntest. Wo du so schön verdient hast. Und überhaupt. Deine Hose ist viel zu eng.«

Die hohe, dünne Greisinnenstimme konnte stundenlang so auf sie einreden. Bella wunderte sich manchmal, woher die alte Frau die Energie dazu nahm. Wahrscheinlich waren das die letzten Reserven eines Lebens, das einmal sehr abenteuerlich gewesen war. Noch immer trat ein sanfter Glanz in die Augen der Mutter, wenn sie mit brüchiger Stimme Gedichte von Alexan-

der Block sprach, der ihr Vater gewesen war und den sie nie gesehen hatte. Und ihre Liebe zur Revolution war immer noch so groß, daß sie tagelang hinter Bella hertelefonieren konnte, nur um ihr mitzuteilen, daß sie bei Rosa Luxemburg einen wunderbaren Satz zu ihrem Lieblingsthema gefunden hatte.

»Bella, mein Gott, wo steckst du denn! Seit Tagen versuche ich dich zu erreichen. Nun hör bloß mal zu. Wie findest du das?«

Pause.

Bella hörte sie am anderen Ende der Leitung tief Luft holen, bevor sie mit lauter Stimme ins Telefon schmetterte: »Die Revolution ist großartig, alles andere ist Quark.« Pause. »Rosa Luxemburg.«

Nun lächelte Bella doch in Gedanken an die alte Frau. Auf ihre Weise hatte sie schon recht. Wenn man die Handlungen der Menschen oberflächlich betrachtete, schienen sie völlig sinnlos. Weshalb jemand hierhin ging oder dorthin, war vollkommen gleichgültig. Begann man jedoch tiefer nach ihren Motiven zu suchen, spürte man hinter jeder Handlung ein verzweifeltes Suchen nach Glück, das natürlich unerreichbar war. Und man wußte, es war unbedingt notwendig, die Revolution zu machen, damit sich das Glück wenigstens irgendwann verwirklichen ließe. Aber das war eben ein sehr altmodischer Gedanke, für dessen Verwirklichung es schon lange keine Chance mehr gab.

Die Mutter – Bella liebte sie wegen der Tapferkeit, mit der sie sich durchs Leben geschlagen hatte. Gleich-

zeitig gingen ihr die ständigen Quengeleien unsäglich auf die Nerven.

Genau an diesem Punkt ihrer Überlegungen angekommen, wurde ihr klar, daß der Tag nicht mehr zu retten war. Irgendwann war er umgekippt, und wenn sie nicht versuchte, das Beste aus diesem elenden Haufen von gefesselten Frauenbeinen, Teerstücken, Greisinnengejammer und Blankeneser Hochdeutsch zu machen, würde es ihr schlechtgehen.

Der Regen hatte aufgehört, und der Wind hatte sich gelegt. Das passierte manchmal gegen Abend. Am rechten Fensterrand ging die Sonne unter. Das Wasser des Flusses war glatt und dunkel. Bella rückte einen Sessel vor das Fenster. Dann ging sie in die Küche und holte die Flasche aus dem Kühlfach. Vom Schreibtisch nahm sie einen schweren Lederband mit Gedichten und Reden ihres Großvaters. Sie setzte sich vors Fenster und sah zu, wie draußen Sonnenuntergang gespielt wurde. Das Stück dauerte ziemlich lange und endete, anders als im Theater, mit der völligen Verdunkelung des Zuschauerraums. Während der Vorstellung trank sie drei Gläser Wodka. Nach jedem Glas fühlte sie sich ihrem Großvater näher. War er vielleicht in der gleichen Stimmung gewesen wie sie jetzt, als er schrieb:

Die Stadt hat roten Horizonten
Ihr Totenantlitz zugewandt,
In Sonnenblut getaucht die Fronten,
Den grauen Leib aus Stein und Sand.

und weiter,

Ein roter Hausknecht kippt die Eimer,
Ein scharlachrotes Wasser aus.
Feuerscheite tanzen, Feuerbeine
Der Straßenhur' von Haus zu Haus.

So hatte Alexander Block Petrograd im Jahr 1904 gesehen. Daß damals an den Ufern der Newa auch die Präservative aus nahe gelegenen Bordellen angeschwemmt worden waren, so wie heute an den Ufern der Elbe, konnte sie sich allerdings nicht vorstellen.

Als sie erwachte, noch immer im Sessel sitzend, zogen draußen langsam Lichter vorbei. Eine Weile verfolgte sie das Backbordlicht des Schiffes mit den Augen. Das Buch war auf den Boden gefallen. Im Zimmer war es so dunkel, daß sie auf dem Fußboden nichts erkennen konnte. Bella tastete neben dem Sessel herum, bis sie den Ledereinband in der Hand hielt, unter dem die harten Kanten des Buchdeckels zu spüren waren. Mit einem Fuß betätigte sie den Lichtschalter. Die Schreibtischlampe gab einen hübschen kleinen Lichtfleck auf der dunklen Platte. Weniger hübsch schien der Kerl zu sein, der es sich an ihrem Schreibtisch bequem gemacht hatte. Jedenfalls nach der behaarten Pfote zu urteilen, die, geschmückt mit einem sauber gearbeiteten Schlagring, auf der Tischplatte lag.

Die Bilder, Süße.

Er bewegte die Finger der Hand mit dem Schlagring hin und her. Soweit sie erkennen konnte, waren die Fin-

gernägel sauber. Er legte auch die andere Hand auf den Schreibtisch und beugte sich vor. Bella konnte sein Gesicht erkennen. Ein fleischiges Männergesicht, gut rasiert, kleine Augen ohne Ausdruck. Er bewegte beim Sprechen nur die Lippen. Das Gesicht blieb vollkommen starr, ungefähr so wie bei einem Krokodil, kurz bevor es zuschnappt. Sie war nicht sicher, ob das Krokodil wirklich zuschnappen würde. Es sah so normal aus. Aber sie hatte auch keine Lust, das auszuprobieren.

In der Schublade, unten links.

Die rechte Hand blieb auf dem Schreibtisch liegen. Die linke fummelte unten am Schreibtisch herum und kam nach kurzer Zeit mit der Plastikhülle wieder zum Vorschein. Der Inhalt wurde auf den Schreibtisch geschüttet, gezählt und wieder in die Hülle geschoben. Der Kerl blieb sitzen. Die Plastikhülle lag vor ihm auf der Schreibtischplatte.

Schönes, kleines Häuschen hast du hier, Süße.

Ganz so gefährlich wie er tat, war er nicht. Das Buch würde ihn am Kopf treffen. Sie könnte seine Überraschung ausnutzen und ihn aufs Kreuz legen. Und dann? Sie könnte ihm die Bilder wieder abnehmen. Sie könnte ihn beim nächsten Polizeirevier abliefern. Wegen Einbruchs. Man würde dann seine Personalien aufnehmen, feststellen, daß er ordentlich gemeldet war, und ihn wieder laufenlassen.

Du willst doch sicher hier wohnen bleiben, Süße, was?

Bella antwortete nicht.

Kannst du ruhig, du mußt nur eine Kleinigkeit beachten. Du mischst dich hier in gar nichts ein, verstanden? Du bleibst schön ruhig. Dann passiert dir nichts.

Es war also nicht besonders sinnvoll, ihm eins auf die Nase zu geben. Außer, daß es ihr guttun würde.

Hast du verstanden?

Wahrscheinlich hatte er sie noch einmal mit »Süße« anreden wollen. Es klang jedenfalls wie ein Ssss, was da aus seinem Mund kam, als ihn das Buch über der Nase ins Gesicht traf und Bella ihn fast in der gleichen Sekunde aus dem Sessel kippte. Da lag er nun und starrte auf den Brieföffner, dessen Spitze Bella ihm an den Hals gesetzt hatte.

Wie im Kino, dachte sie.

Sie stand auf und er ebenfalls. Er wirkte etwas schüchterner als vor der Attacke, während er sich mit verzerrtem Gesicht an die Nasenwurzel faßte.

Verschwinde, du Haufen Scheiße.

Nicht sehr vornehm, aber es war das einzige, was ihr in ihrer Wut einfiel. Er verschwand tatsächlich ziemlich schnell. Die Plastikhülle vergaß er.

Bella untersuchte das Haustürschloß. Es war nicht besonders gesichert und leicht mit einem Dietrich zu öffnen. Sie würde das ändern müssen. Dann ging sie ins Wohnzimmer zurück und öffnete das Fenster, um frische Luft hereinzulassen.

Bella hatte herrlich geschlafen. Sie erwachte vom Geklapper des Briefkastendeckels. Nackt und barfuß holte sie die Zeitungen und die zwei Brötchen herein, legte die Brötchen in die Küche, die Zeitungen auf den Schreibtisch und ging unter die Dusche. Noch vor dem Einschlafen hatte sie beschlossen, ihre eiserne Reserve anzugreifen und ein paar Tage Urlaub zu machen. Sie wunderte sich, daß sie die Idee nicht schon früher gehabt hatte. Das Telefon klingelte. Eine weibliche Stimme erkundigte sich nach ihren Sprechstunden. Bella vereinbarte einen Termin in einer Stunde, frühstückte und brachte das Zimmer in einen Zustand, der mögliche Auftraggeber nicht sofort abschrecken würde. Pünktlich um zwölf klingelte es an der Haustür. Bella, ordentlich mit Schuhen, Jeans und Jackett bekleidet, öffnete. Vor der Tür stand ein Mann.

Sie bat ihn ins Zimmer, »Büro« sagte sie, und plazierte ihn in den Stuhl neben dem Schreibtisch. Er blieb

allerdings nicht lange dort sitzen. Schon während Bella sich hinter den Schreibtisch setzte und einen Block zu sich heranzog, stand er auf und begann, im Zimmer auf und ab zu wandern. Bella, die den Namen vergessen hatte, den er an der Tür genannt hatte, sah auf die kleine, weiße Karte, die vor ihr auf dem Schreibtisch lag. Paul Korthum, mehr stand nicht drauf. Der Mann mochte etwa sechzig Jahre alt sein. Er war mittelgroß, hielt mit Mühe sein Gewicht bei achtzig Kilo, hatte eine dunkelrosa Hautfarbe, jedenfalls im Gesicht, und war teuer angezogen. Gürtel und Schuhe aus Krokodilleder, Jakkett aus Cashmere, offenes seidenes Hemd, Kette um den Hals. Das alles aber fein im Rahmen und noch weit unterhalb der Grenze, die das Ganze hätte geschmacklos erscheinen lassen. Seine Bewegungen waren selbstsicher, auch wenn er im Augenblick ein wenig ratlos auf und ab lief. Eigentlich hätte er dabei schnaufen müssen, aber er tat es nicht.

Mir scheint, meine Kundschaft bleibt teuer, dachte Bella. Hoffentlich will er nicht auch jemanden umgebracht haben. Irgend etwas gefiel ihr nicht an ihm, aber sie hätte nicht sagen können, was es war. Jedenfalls noch nicht. Der Mann setzte sich wieder in den Sessel neben dem Schreibtisch und schlug die Beine übereinander. Bella sah, daß er seidene, dunkelrote Socken trug. So übereinandergeschlagen wirkten seine Beine ein bißchen kurz.

Ich hoffe, daß Ihnen mein Anliegen nicht ungewöhnlich vorkommt, sagte er.

Er hatte eine leicht schnarrende Stimme und eine sehr gepflegte Aussprache.

Sehen Sie, ich bin jetzt sechsundfünfzig. Er machte eine kleine Pause. Ich kann doch offen sprechen?

Wenn Sie damit meinen, daß das, was Sie mir sagen, unter uns bleibt, dann ja, sagte Bella.

Anscheinend war die Altersangabe die Eröffnung für eine längere Geschichte.

Ich glaube, ich habe alles erreicht, was ich erreichen wollte.

Wie traurig.

Er sah sie irritiert an. Offenbar hätten seine Worte eine andere Wirkung auf sie haben müssen. Er konnte ja nicht wissen, daß Bella Leute, die mit sechsundfünfzig alles erreicht hatten, was sie wollten, für sehr bedauernswert hielt. Als er weitersprach, hatte seine Stimme einen sachlicheren Ton angenommen, nicht mehr ganz so vertraulich. Bella war's recht.

Ich lebe von meiner Frau getrennt, schon mehrere Jahre, sagte er.

Es klang nicht so, als ob er besonders darunter litte.

Wenn wir uns scheiden lassen, bekommt sie eine Menge Geld. Daran liegt mir nichts.

Dann lassen Sie sich eben nicht scheiden, schlug Bella vor. Sie war noch immer damit beschäftigt, herauszufinden, was sie an dem Mann beunruhigte. Ihre Antwort war deshalb eher automatisch ausgefallen.

Natürlich. Das geht allerdings nur so lange, bis man wieder heiraten will.

Und das haben Sie vor?

Bella fragte aus Höflichkeit. Außerdem fand sie, daß er langsam zur Sache kommen sollte.

Allerdings.

Seine Stimme war, in Aussicht auf das neue Glück, nicht freundlicher, sondern härter geworden. Bella sah ihn interessiert an. Zu gern hätte sie ihn gefragt, ob die Auserwählte über oder unter zwanzig war, aber sie hielt sich zurück.

Sie werden verstehen, daß ich die Summe, die ich meiner Frau auszahlen muß, so klein wie möglich halten möchte.

Bella verstand vollkommen.

Sie fährt morgen für vierzehn Tage in Urlaub. Ich glaube nicht, daß sie allein fährt. Was ich brauche, sind Fotos, Kopien von Hotelrechnungen, Sie wissen schon. Alles, womit ich nachweisen kann, daß sie nicht allein lebt. Praktisch – er machte eine kleine Pause, so als wollte er noch einmal nachdenken, ob auch richtig sei, was er zu sagen beabsichtigte –, praktisch möchte ich über jeden ihrer Schritte da unten informiert werden.

Während er sprach, überlegte Bella.

Nach dem geltenden Scheidungsrecht, einem nicht zu Ende gedachten Relikt aus längst vergangenen reformfreudigen Zeiten, war es ziemlich unerheblich, welchen Lebenswandel eine getrennt lebende Ehefrau hatte. Auf die Höhe des Zugewinnausgleichs hatte das keinen Einfluß. Der Mann, der vor ihr saß, mußte also einen anderen Grund haben, seine Frau im Urlaub so

gründlich überwachen zu lassen. Daß er ihr diesen Grund nicht mitteilte, sprach nicht unbedingt für ihn. Aber sie wurde neugierig.

Und wenn nötig, fügte er hinzu, auch noch nach dem Urlaub. Es wäre gut, wenn wir auch hinterher noch ein paar Belege sammeln könnten.

Jedenfalls war die Katze aus dem Sack. Es war eine ganz gewöhnliche, miese, räudige Katze. Aber sie zog einen größeren Beutel mit Spesen hinter sich her.

Wohin wird Ihre Frau fahren?

Bella zog den Block noch etwas näher zu sich heran und sah fragend und sachlich auf den Mann ihr gegenüber. Der griff mit gepflegten Fingern in die Jackentasche, zog einen Zettel heraus und nannte einen kleinen süditalienischen Ort an der Küste unterhalb von Neapel.

Mit der Bahn über München, Rom, Neapel, sagte er abfällig. Anscheinend fand er, daß seine von ihm getrennt lebende Frau eine andere Fortbewegungsart hätte wählen sollen.

Hier haben Sie die Abfahrtszeit.

Er schob den Zettel über den Schreibtisch. Als Manschettenknöpfe trug er schlichte, dünne Platinscheiben. Sie vermutete eine ähnliche Platinscheibe als Anhänger an seiner Halskette. Der Zug fuhr am nächsten Abend. Sie würde genug Zeit haben, sich auf die Reise vorzubereiten.

Bevor ich den Auftrag übernehme, würde ich gern ein bißchen mehr wissen.

Wenn's nötig ist.

Er sah sie jetzt gleichgültig an, bereit, nur das Notwendigste auf ihre Fragen zu antworten. Bella war entschlossen, den Auftrag anzunehmen. Aber sie konnte ihr Gegenüber noch immer nicht richtig einschätzen.

Ja, sagte sie. Ich habe gern ein paar Hintergrundinformationen. Es läßt sich leichter arbeiten.

Sie sind Kaufmann?

Diese Schlußfolgerung war einfach. Er sah weder wie ein Intellektueller aus noch wie ein Arbeiter.

Ja, ich habe ein paar Schuhgeschäfte. Teure Schuhgeschäfte, die in der richtigen Gegend liegen, fügte er hinzu, als er Bellas zweifelnde Miene sah. Tonio-Schuhläden, wenn Ihnen das etwas sagt.

Bella kannte die Läden. Es gab sie in München, Düsseldorf und Hamburg. Schuhe und Handtaschen ab dreihundert Mark, nach oben hin unbegrenzt, so ungefähr jedenfalls. Die Schuhe, die sie trug, hatte sie bei Tonio im Ausverkauf erstanden. Ganz in der Nähe gab es einen Laden.

Wie lange sind Sie verheiratet? Und wie lange leben Sie von Ihrer Frau getrennt?

Zwanzig Jahre, davon... gehört das zur Sache?

Ja, sagte Bella. Haben Sie ein Foto von ihr?

Er zog die Brieftasche aus der Innenseite des Jacketts, Kroko, und suchte einen Augenblick. Dann reichte er ihr ein kleines Schwarzweißfoto, das an den Rändern beschädigt war, über den Tisch. Er mußte es schon länger in der Brieftasche haben.

Das ist Marianne. Das Foto ist ungefähr sechs Jahre alt.

Das andere Foto, 9x12, bunt und glänzend, das er ebenfalls in der Brieftasche trug, zeigte eindeutig ihre gestrige Besucherin. Sie biß in eine Mohrrübe und lachte unverschämt, jedenfalls in der Perspektive, aus der Bella das Foto zu Gesicht bekam, bevor er die Brieftasche schloß.

Bella sah auf dem Schwarzweißfoto das Gesicht einer Frau von Mitte Vierzig mit großen, wahrscheinlich blauen Augen. Die Frau lachte angestrengt. Um die Augen sah sie alt und müde aus.

Ist die Haarfarbe echt?

Ja, sagte er. Dürfte inzwischen ein bißchen grauer geworden sein. Ich sehe sie nicht mehr oft.

Woher wissen Sie, daß sie in Urlaub fährt?

Sie hat es mir gesagt.

Haben Sie ihr gesagt, daß Sie sich scheiden lassen wollen?

Ich – nein, natürlich nicht.

Natürlich nicht, dachte Bella. Er wird sie doch nicht warnen. Sie merkte, daß der Mann ihr langsam unsympathisch wurde. Und immer noch rätselte sie daran herum, was mit ihm los war. Er hatte nichts Besonderes an sich, mal abgesehen von ein paar sehr teuren Accessoires. Vielleicht war er ein bißchen nervös, aber das konnte an der für ihn ungewohnten Situation liegen. Eigentlich hatte er das ganz normale Selbstbewußtsein eines erfolgreichen Mittelstandsunternehmers, weder

»von des Gedankens Blässe angekränkelt« noch von allzu großen Sorgen über Alter und Figur geplagt. Er war wieder aufgestanden und zum Fenster gegangen.

Einen schönen Ausblick haben Sie hier, sagte er unvermittelt.

Ich mache mit meinen Kunden vorher ein Honorar aus. Unvorhergesehene Ausgaben nicht eingerechnet.

Natürlich, antwortete er schnell. Er kam zurück und setzte sich wieder in den Sessel.

Reichen fünftausend fürs erste?

Aus der Brieftasche nahm er fünf neue, glatte, schöne, braune Scheine und legte sie vor Bella auf den Schreibtisch.

Ziemlich sicher. Sie bekommen eine genaue Abrechnung.

Ich rechne mit Ergebnissen in drei Wochen, oder?

Ich rufe Sie an, wenn ich zurück bin.

Er stand auf. Die Bügelfalten waren so makellos wie vorher. Bella hätte ihn zur Tür bringen müssen, aber sie hatte plötzlich keine Lust mehr dazu. Schließlich hatte er nicht ihre Manieren, sondern ihre Arbeit gekauft. Sie beobachtete, wie er zur Tür ging. An der Tür wandte er sich um und nickte ihr zu. Dann hörte sie ihn durch den Flur gehen und die Tür hinter sich schließen. In dem Augenblick, als die Tür hinter ihm ins Schloß fiel, wurde ihr klar, was mit ihm los war. Eigentlich war es ihr schon klar gewesen, als er sich in der Zimmertür nach ihr umgesehen hatte. Er sah so aus, wie bestimmte Figuren in bestimmten Kriminalromanen, von denen

man bei ihrem ersten Auftreten weiß, daß sie das Ende des Romans ganz bestimmt nicht erleben werden. Sie hätte nicht sagen können, weshalb, aber es war so. Er hatte weder ängstlich gewirkt noch so, als ob er sich ohne Grund größeren Gefahren aussetzen würde. Einfach ein rundherum erfolgreicher Geschäftsmann. Und vollkommen überflüssig.

Bella ging in die Küche, um sich etwas zu trinken zu holen. Durch das Küchenfenster sah sie Korthum in einem schokoladenbraunen Jaguar davonfahren.

Sie buchte telefonisch in ihrem Reisebüro die Fahrkarte und packte eine kleine Tasche. Sie suchte eine ganze Weile in ihren Büchern herum und legte dann einen Gedichtband (Ungaretti) und, natürlich, Alexander Block obenauf. Den Rest des Nachmittags verbrachte sie damit, italienische Lieder zu hören. Sie wollte sich wieder an die Sprache gewöhnen.

Bella war in Spanien geboren, wohin der revolutionäre Drang ihrer Mutter sie 1936 verschlagen hatte. An die Zeit nach 1939, als ihre Mutter sich mit ihr zuerst in Canga de Onis, einem winzigen, nordspanischen Bergdorf, und dann in Südfrankreich an verschiedenen Orten vor den Faschisten versteckt hatte, erinnerte sie sich kaum. Ihre Erinnerung setzte erst 1943 ein, als sie, nach der Landung der Alliierten im Süden Italiens, mit ihrer Mutter nach Neapel gekommen war. Zu der Zeit starben die Neapolitaner, die bei der Suche nach etwas Eßbarem in den Trümmern der Stadt den Kampf gegen die Ratten meistens verloren, an Hunger und Seuchen.

Bellas Mutter, die Ratten fürchtete, hatte sich erneut auf die Traditionen der Familie besonnen, jedenfalls auf die Traditionen des weiblichen Teils der Familie. Es war ihnen nicht schlecht gegangen dabei. Manchmal hatte die amerikanische Schokolade auch für die Nachbarskinder gereicht.

Bella begann damals, sich vor den Soldaten zu ekeln, die in ihre Behausung kamen. Aber sie konnte darüber mit ihrer Mutter nicht sprechen. Es war klar, daß es keine andere Möglichkeit gab, dem Hunger zu entkommen.

In Spanien, Bella, sagte die Mutter, haben wir für die Revolution im Puff gearbeitet. Hier ist es, damit wir nicht verhungern. Wo ist da der Unterschied?

Während sie eine der von Carlos sorgfältig zubereiteten, tiefgefrorenen Mahlzeiten auftaute, dachte sie daran, daß sie ihm eine Nachricht hinterlassen mußte. Sie würde ihn bitten, in der Zeit ihrer Abwesenheit das Haus zu bewohnen. Um das Telefon zu bewachen, reichte sein Deutsch aus. Wer weiß, vielleicht war ja der nächste Blankeneser Biedermann schon auf dem Weg zu ihr.

An Beyer dachte sie nicht. Vielleicht hätte sie es getan, wenn sie gewußt hätte, daß er gerade dabei war, eine Anzeige zu lesen, die aus Versehen in seine Dienstpost gerutscht war. Eine aufgebrachte Dame beschwerte sich in wütenden Worten über die nächtlichen Ruhestörungen, die, wie sie fand, für ihre Gegend »unmöglich« wären. Sie schloß ihren Brief mit dem Satz

»auch wenn es sich bei den Wagen ausschließlich um sehr teure Modelle handelt, so sagt jedenfalls mein Mann, gehe ich davon aus, daß die Polizei jetzt ihres Amtes waltet«. Bevor Beyer den Brief in den Papierkorb warf, sah er auf den Absender.

Na ja, da haben nächtliche Kunden es tatsächlich nicht leicht, sich leise davonzumachen, dachte er.

Die Dame wohnte in einer stillen Nebenstraße der Elbchaussee. Vielleicht hätte er den Brief aufgehoben, wenn er gewußt hätte, daß Bella sich bald für die Geschichte interessieren würde. Aber die wußte bisher selbst noch nichts davon.

Bella fiel ein, daß sie vergessen hatte, Korthum nach der Adresse seiner Frau zu fragen. Es schien ihr sicherer, schon vor der Abreise einen Blick auf die Dame zu werfen. Im Blankeneser Telefonbuch fand sie eine M. Korthum in der Baron-Voght-Straße. Sie kramte den Stadtplan hervor. Zu Fuß würde sie vielleicht eine halbe Stunde brauchen. Sollte es sich nicht um die richtige Dame handeln, konnte sie Korthum immer noch anrufen.

Vierzig Minuten später ging sie an dem Haus vorüber und war ziemlich sicher, daß Korthums Frau hier wohnte. Es handelte sich um kleine, elegante Appartements, die in ehemaligen Tagelöhnerwohnungen untergebracht waren. Das Äußere der Häuschen war unverändert geblieben, während innen moderne Wohnungen ausgebaut worden waren. Jetzt, am späten Nachmittag, lag die Straße ruhig in der milden Herbstsonne. Leider

gab es keine Kneipe, in die sie sich hätte setzen können, um das Haus zu beobachten. Noch während Bella überlegte, ob es klug wäre, unter einem Vorwand an der Tür des Nachbarhauses zu klingeln und ein paar Fragen zu stellen, hielt vor dem Haus, an dessen Tür der Name Korthum stand, ein Taxi, und Marianne Korthum stieg aus. Zwar hatte Bella sich die Frau kleiner vorgestellt und runder; so eine Art Matrone. Und die hier war groß und schlank und machte einen ziemlich sportlichen Eindruck. Aber der Kopf war derselbe wie auf dem Foto. Während die Frau dem Taxifahrer das Geld durch die heruntergedrehte Scheibe reichte, lachte sie. Ihr Haar glänzte schmutziggelb in der Abendsonne.

Halb elf morgen abend reicht, sagt sie, drehte sich um und öffnete die niedrige Gartenpforte, um ins Haus zu gehen. Sie würde also mit dem Taxi zum Bahnhof fahren. Ihren Freund konnte sie natürlich auch auf dem Bahnhof treffen. Aber Bella hatte aus irgendeinem Grund das Gefühl, daß die Frau überhaupt keinen Freund hatte; jedenfalls keinen, der beabsichtigte, mit ihr eine Urlaubsreise anzutreten.

Wenn man davon absah, daß der alte Herr hinter dem Busch daneben trat und in leicht derangiertem Zustand ein paar Meter den Abhang hinunterrutschte – was Bella dazu veranlaßte, sich taktvoll umzudrehen –, verlief der nächste Tag ereignislos.

Gegen zehn Uhr abends warf Bella die kleine Reisetasche in den Porsche und fuhr los. Sie parkte den Wagen vor dem Hauptbahnhof, wo Carlos ihn am nächsten Tag abholen würde. Dann stellte sie fest, daß sie viel zu früh losgefahren war und ging über die Straße, um bei »Nagel« einen Wodka zu trinken.

Sie fand einen freien Platz am Fenster. Am selben Tisch saßen ein Mann und eine Frau, vor sich zwei halbvolle Biergläser. Bella bestellte einen doppelten Wodka und einen Hawaii-Toast. Der Wodka war warm und der Toast in seiner Ungenießbarkeit den politischen Zuständen der Insel, deren Namen er trug, angemessen. Sie schob den Teller beiseite und beobachtete die Leute,

die draußen am Fenster vorbeigingen. Sie wußte, daß in dieser Gegend die Huren der zweiten und dritten Garnitur arbeiteten. Seit einiger Zeit gehörten auch Kinder dazu. Einige Mädchen waren so spärlich angezogen, daß ihre Anbieterei schon fast einem Akt der Verzweiflung gleichkam. Auch die Freier waren in dieser Gegend eher von der einfachen Sorte. Interessiert sah Bella einem Mann, von dem sie wußte, daß er Kommunist war, bei den Verhandlungen mit einer dünnen Blonden zu. Sie konnte nicht feststellen, ob die beiden sich einig wurden. Eine Gruppe von Männern in Abendanzügen und Frauen auf Stöckelschuhen, denen andere ähnlich gekleidete Leute folgten, verdeckte die beiden.

Offenbar war die Vorstellung in dem nahe gelegenen Theater zu Ende gegangen. Der Mann und die Frau an ihrem Tisch hatten noch immer kein Wort miteinander gewechselt. Allerdings hatte der Kellner ihre inzwischen geleerten Biergläser gegen zwei volle ausgetauscht. Bellas Blick fiel auf das Werbeplakat für die Theatervorstellung.

Der Regisseur hatte sich die Tatsache zunutze gemacht, daß die meisten Intellektuellen ihre Portion Pornografie am liebsten in eine Geschichte gekleidet serviert bekommen. Das Plakat zeigte das Foto einer Frau, die sich bis zur Taille dem Besucher nackt darbot. Der Oberkörper war nicht zu sehen. Durch die flachen Kinderschuhe, die die Frau trug, wurde dem Betrachter ein kindlich-obszöner Eindruck vermittelt. Vor dem Torso stand ein kleiner Mann und starrte der Frau von unten

zwischen die Beine und auf die Schamhaare. Der Unterschied zu den Bildern, die Bella vor zwei Tagen am Strand gefunden hatte, bestand darin, daß das Plakat aus Steuergeldern subventioniert wurde, während die Bilder irgend jemand aus privater Tasche bezahlt hatte. Dafür waren wahrscheinlich seine Modelle billiger gewesen.

Sie winkte dem Kellner. Er kam ziemlich bald, ein alter Mann, mager, mit unglaublich platten Füßen und einer langen, grünen Schürze vor dem Bauch. Sie schob ihm die Teller mit dem Hawaii-Toast entgegen, der inzwischen kleiner geworden war und aussah, als hätte er den Tag im Liegestuhl verbracht.

Der ist für den Chef, sagte sie.

Der Kellner sagte gleichmütig: fünf Mark.

Bella gab ihm sechs und stand auf. Die Frau am Tisch hob den Kopf und sah sie an. Sie hatte ein blau unterlaufenes Auge. Die Frau senkte den Kopf wieder. Bella drängte sich durch das volle Lokal. Draußen holte sie tief Luft. Es roch nach Abgasen und Pizza.

Ein Gruß aus Italien, dachte sie.

Durch das Fenster sah sie das Paar, mit dem sie am Tisch gesessen hatte. Die beiden starrten noch immer schweigend vor sich hin.

Der Bahnhof war nicht besonders belebt. Zwei uniformierte Polizisten hatten einen Betrunkenen zwischen sich, der laut protestierte. Neben dem Kiosk mit den ausländischen Zeitungen stand ein Paar und küßte sich selbstvergessen. Es stank nach Bier und Staub und

Urin. Bella kaufte die L'Unita, den Corriere de la Sera und ein Taschenbuch und suchte dann auf der Anzeigentafel nach dem richtigen Bahnsteig. Sie hatte ihn gerade entdeckt, als Marianne Korthum an ihr vorbeiging. Sie trug einen Trenchcoat und flache schwarze Schuhe, vermutlich von Tonio. Ihr Gang war für diese Tageszeit provozierend locker. Hinter ihr lief ein Gepäckträger mit einem mittelgroßen schwarzen Lederkoffer. Bella folgte den beiden langsam auf den Bahnsteig. Als der Zug einlief, war noch immer kein Mann aufgetaucht, der sich der Korthum genähert hätte. Es sah auch nicht so aus, als ob sie auf jemanden wartete. Sie entlohnte den Gepäckträger, der ihr daraufhin den Koffer in den Zug trug. Bella stieg ein. Der Zug setzte sich in Bewegung. Der Bahnsteig war leer bis auf den Gepäckträger und die Frau mit dem blaugeschlagenen Auge, die ihr bei »Nagel« am Tisch gegenüber gesessen hatte. Bella konnte im Vorüberfahren deutlich zwei dicke Tränen sehen, die langsam über ihre Wangen rollten. Sie sah sich um. Der Mann, dem die Tränen galten, stand auf dem Gang und sah blaß und angestrengt auf der anderen Seite zum Fenster hinaus.

Es stellte sich heraus, daß das Abteil von Marianne Korthum drei Türen entfernt lag. Sie teilte es mit einer alten Dame. Bella hatte ihres für sich allein und dankte im stillen noch einmal dem großzügigen Besitzer von Tonios Schuhläden.

Der Zug würde in der Nacht ein paarmal halten, aber sie glaubte nicht an ein Tête-a-tête mit dem geheimnis-

vollen Unbekannten im Beisein der alten Dame. Die Frau machte nicht den Eindruck, als warte sie auf irgend jemanden.

Sie kramte den schmalen weißen Band aus der Reisetasche: Leonardo Sciascia. Es gab Leute, die behaupteten, daß im Zeichen der Bombe Kriminalromane zu schreiben, überflüssig sei. Zumindest bei Sciascia konnte sie dem nicht zustimmen.

Der Schaffner kam, um seine Dienste beim Herrichten des Abteils anzubieten. Bella wartete auf dem Gang, bis er fertig war, und bat ihn, als er nach weiteren Wünschen fragte, um Wodka, Eis und ein Glas. Der Mann war zu sehr dressiert, um sich sein Erstaunen anmerken zu lassen. Er sagte, er würde zuerst die übrigen Betten aufschlagen und dann zurückkommen. Bella fand das nicht ganz korrekt, wollte aber seine gewohnte Arbeitseinteilung nicht stören und war einverstanden. Er erschien, als der Zug leicht gebremst den nächtlichen Bahnhof von Uelzen passierte. Bella, die am Fenster stand, wandte sich um und sah ihm zu, wie er das Abteil betrat. Er schloß hinter sich die Tür, zog den Vorhang sorgfältig vor die Scheiben zum Gang und stellte das Tablett ab. Auf dem Tablett waren Wodka, Eis und zwei Gläser. Bella sah ihn an. Er war ungefähr so groß wie sie, etwa zehn Jahre jünger und hatte glatte, dunkelblonde Haare, die dringend gewaschen werden mußten. Er war mager, und die Fingerspitzen der rechten Hand waren gelb vom Nikotin. Es kam ihm offenbar überhaupt nicht in den Sinn, daß ihn jemand abstoßend fin-

den könnte. Er war der ganz gewöhnliche, miese kleine Schlafwagenbumser, der sich jede Fahrt an eine andere Frau ranmacht und an seinen dienstfreien Tagen am Stammtisch damit prahlt, wie wild die Weiber auf ihn sind. Bella beobachtete ihn und wartete. Mehr als zwei Methoden, zur Sache zu kommen, hatte er bestimmt nicht drauf. Sie war gespannt, welche er wählen würde. Er wählte den Draufgänger. Das war unkompliziert. Sie brauchte nicht einmal etwas zu sagen. Als er vor ihr stand, zog sie das Knie hoch. Er ließ sich auf den Sitz fallen und hielt sich den Unterleib. Ihm war übel.

Raus.

Sie stand wieder mit dem Rücken ans Fenster gelehnt. Ihre Stimme war leise. Er erhob sich wimmernd und schlich zur Tür.

Das Glas.

Er kam zurück, immer noch gekrümmt, nahm das zweite Glas vom Tablett und verschwand. Bella ging hinter ihm her und schloß die Tür ab.

Im Abteil war es warm. Sie öffnete einen Augenblick das Fenster. Der Zug raste jetzt sehr schnell durch die Dunkelheit. Wenig später lag sie nackt unter der leichten Schlafdecke, hielt das Glas mit den leise klirrenden Eisstücken in der Hand und sah in die Dunkelheit. Bella fand das Leben herrlich.

Kurz nach sieben Uhr früh stand sie auf dem Münchener Hauptbahnhof und überlegte, ob sie sich den Appetit aufs Frühstück mit einem fetttriefenden und schokoladengefüllten Croissant verderben sollte. Sie konnte nicht widerstehen. Während sie neben dem Verkaufsstand zwei dieser Beispiele für die negativen Auswirkungen der Aussöhnung zwischen Deutschen und Franzosen auf die Eßkultur genoß, bewunderte sie Marianne Korthum, die schlank und unberührt von derlei Anwandlungen auf dem Bahnsteig auf und ab ging.

Dreiundfünfzig Minuten nach ihrer Ankunft in München saß Bella im Zug nach Rom und vertiefte sich in die Zeitungen. Die berichteten mit geheuchelter Empörung über enge Verbindungen von Regierungsmitgliedern zu Mafia und Camorra – nichts Neues also. Die Korthum traf sie im Speisewagen beim Mittagessen. Selbst wenn sie Bella bemerkt hatte, nahm sie keine No-

tiz von ihr. Sie nahm auch von sonst niemandem Notiz, und Bella war sicherer als je zuvor, daß die Korthum die Fahrt allein hinter sich zu bringen gedachte.

In Rom, fast zwölf Stunden später, war Bellas Reisebegeisterung auf dem Nullpunkt angekommen, wozu nicht nur die lange Bahnfahrt, sondern auch ihr streikender Magen beigetragen hatte. Sie war, angesichts der in Öl schwimmenden Spaghetti, die ihr gegen Mittag im Speisewagen Übelkeit verursacht hatten, auf die zweite Hälfte der Wodkaflasche ausgewichen. Jetzt hatte sie das dringende Bedürfnis, zu duschen und sich hinzulegen. Statt dessen stand sie weitere anderthalb Stunden später im Gang des überfüllten Zuges Rom – Neapel und verfluchte die Idee, damit Geld zu verdienen, daß sie sich in die Probleme anderer Leute einmischte.

Es war heiß, und die Hitze wurde so unerträglich, daß selbst die geöffneten Gangfenster keine Abkühlung brachten. Am ganzen Körper fühlte sie kitzelnde Schweißtropfen. Selbst Marianne Korthum, die selbstverständlich einen Sitzplatz erwischt hatte, schien leicht mitgenommen, was Bella wenigstens ein bißchen befriedigte.

Gegen Mitternacht kam der Zug in Neapel an. Es war immer noch sehr heiß, und während der letzten Kilometer hatte sich ein unerträglicher Gestank im Zug verbreitet, dessen Herkunft unklar war. Bella betete im stillen, daß Marianne Korthum ein Hotel aufsuchen möge. Die aber ging elastisch und unberührt von Hitze, Lärm und den unzweideutigen Angeboten einiger im

Bahnhof herumstrolchender Italiener auf den Bahnsteig, von dem am Morgen der Zug weiterfahren sollte. Zu Bellas allergrößtem Entsetzen setzte sie sich auf eine Gepäckkarre, lehnte den Rücken an den Lederkoffer von Tonio und schloß die Augen. Eleganter und gelassener hätte sie auch in der ersten Reihe der Mailänder Scala nicht sitzen können.

Bella hatte genug von der Dame, vom Zugfahren, vom Gestank und von sich selbst. Sie stellte fest, wann der Zug fuhr, auf den die Korthum wartete, verließ den Bahnhof, überquerte einen mit hupenden Autos und schreienden Menschen überfüllten Platz und mietete ein Zimmer im ersten Hotel, das sie sah. Es hieß »Lux« und kam ihr tatsächlich wie ein Licht in der Finsternis vor. Sie würde ausgiebig duschen, sich eine Weile auf dem Bett ausstrecken und vor der Weiterfahrt einen ordentlichen Kaffee trinken.

Als sie das Zimmer betrat, fragte sie sich, ob es wohl auch Leute gab, die zum Schlafen hierherkamen. Sie jedenfalls hätte bei der Hitze und dem Lärm, der von der Straße heraufdrang, auch unter günstigeren Umständen nicht schlafen können.

Drei Stunden später, beim Überqueren des Bahnhofsvorplatzes, war sie voll Bewunderung für das Volk von Neapel.

Fantastisch, dachte sie, was diese Leute für Lärm machen können.

Marianne Korthum saß im Bahnhofscafé, aß nichts und trank eine Tasse Kaffee. Eine Zigeunerin versuchte

gerade vergeblich, ihre eine rote Rose zu verkaufen. Bella fand, sie hätte die Rose ruhig nehmen können. Am Buffet gab es keinen Wodka. Bella ließ sich einen mittelgroßen Grappa einschenken und beschloß, ab sofort nur noch einheimische Speisen und Getränke zu sich zu nehmen. Sie würde so versuchen, wenigstens ein paar positive Erinnerungen an Neapel wieder zu wecken.

Ihre Hoffnungen, in der vergangenen Nacht den unangenehmsten Teil der Reise hinter sich gebracht zu haben, erfüllten sich nicht. Der letzte Teil der Bahnfahrt übertraf ihre kühnsten Vorstellungen. Der Zug hielt an jedem winzigen Dorfbahnhof; allein sechsmal, bevor er überhaupt das Stadtgebiet von Neapel verließ. Er blieb auf der Strecke zweimal für längere Zeit stehen, heizte sich in der glühenden Sonne schnell auf und erreichte endlich nach sechs Stunden, als die Mittagshitze am stärksten war, seinen Bestimmungsort. Unterwegs hatten, wie auf der Flucht vor derart anstrengenden Reisebedingungen, fast alle Passagiere den Zug verlassen. Zuletzt hatte Bella ein Abteil für sich allein. Die Korthum ebenfalls, ein paar Türen weiter. Bella hatte den Eindruck, daß sie und die Frau die einzigen lebenden Seelen in einem Höllenzug waren. Nach ihrer Fahrkarte fragte niemand, was sie dazu bewog, während der letzten Stunde die Hose und die Bluse auszuziehen. Natürlich hätte sie dann zum Schluß fast das Ziel verdöst. Aber sie war schon daran gewöhnt, sich neben Marianne Korthum so zu fühlen, wie sich in ihrer Vorstellung ein langsam durch die Waffeltüte laufendes Vanilleeis ne-

ben einem kunstvoll konstruierten, frisch zubereiteten Eisbecher von »Le Notre« fühlen mußte. Und deshalb nahm sie den letzten Rest ihres Humors zusammen und fand die zwei einsamen, so völlig unterschiedlichen Frauen, die in der Mittagshitze auf dem gottverlassenen Bahnsteig eines gottverlassenen Nestes in Süditalien standen und dem in Glut und Dunst verschwindenden Zug nachsahen, eher komisch.

Später wußte sie nicht mehr genau, wie sie eigentlich ins Hotel gekommen war. Sie erinnerte sich an einen endlosen, steinigen Weg ohne Schutz vor der Sonne, vorbei an einem Haufen antiker Trümmer. Nachdem sie eine halbe Stunde mühsam vorangestolpert war, kam ihr das Taxi entgegen, das die Korthum bestiegen hatte, während sie auf dem Bahnsteig damit beschäftigt gewesen war, Hose und Bluse anzuziehen. Sie hielt das Taxi an, obwohl sie sich gerade vor einem Restaurant befand, dessen Schild kühle Getränke versprach. Der Taxifahrer sah sie mitleidig an. Er zeigte ihr bereitwillig den Eingang des Campingplatzes, vor dem er die Korthum abgesetzt hatte. Bella ließ ihn weiterfahren. Auf Campingplatzromantik hatte sie überhaupt keine Lust.

Der Taxifahrer hielt vor einem Hotel. Vor dem Eingang blieb sie einen Augenblick stehen und sah sich um. Auf der Dorfstraße war niemand. Die Farbe an den Wänden der wenigen niedrigen Häuser rechts und links der Straße blätterte ab. Am Ende der glühenden, grauen Betonstraße lag das Meer, ebenfalls grau und giftig glitzernd.

Mit letzter Kraft schaffte sie es, an der Rezeption des flachen, kühlen und dunklen Hotels ein Zimmer mit Blick aufs Meer zu mieten und das Bett in besagtem Zimmer zu erreichen. Das Hotel schien ohne Gäste zu sein. Im Zimmer war es still. Bella stieg langsam und benommen aus ihren Kleidern, füllte lauwarmes Wasser in ein ziemlich sauberes Zahnputzglas, trank, legte sich aufs Bett und schlief sofort ein. Draußen lief der Tag ab wie immer. Die Dorfstraße vor dem Hotel blieb leer. Der Wind, der vom Meer herüberkam, schurrte Sand und schmutziges Zeitungspapier am Straßenrand entlang. Andere Geräusche als diese gab es nicht. In den großen, offenen Läden neben der Straße, die wie ärmliche Jahrmarktsbuden aussahen, saßen alte Frauen und schliefen. Im Dunkel der ersten Bude saß unter aufgeblasenen Gummibooten und ausgeblichenen Badeanzügen ein Mädchen und starrte vor sich hin. Sie saß auf einem hölzernen Stuhl, und an ihrer rechten Hand fehlte das erste Glied des Ringfingers. Später lehnte eine Frau mit dicken, krampfaderüberzogenen Beinen an der Blechwand der Bude und sah träge dem offenen Sportwagen nach, der langsam über die betonierte Dorfstraße fuhr. Die Straße endete direkt am Meer. In dem Wagen saß ein einzelner Mann. Er war, außer der Frau, vermutlich der einzige, der eine Erklärung für die verstümmelte Hand des Mädchens gehabt hätte. Aber natürlich fragte ihn niemand.

Bella schlief lange und tief. Sie wurde wach, weil sie Hunger hatte. Von draußen drangen Musik und das Hupen von Autos herein. Sie stand auf, öffnete die Fensterläden, sah bunte Glühbirnen an Bäumen hängen und linker Hand dunkle, ruhige Nacht – das Meer, vermutlich.

Wenig später saß sie auf der Dorfstraße vor einem kleinen Restaurant – im Hotel war der Restaurantbetrieb schon eingestellt worden –, wartete auf das Essen und trank ein eiskaltes Bier. Ein paar Meter neben ihr, im nächsten Restaurant, saß die Korthum. Sie war allein. Noch während Bella beim Essen war, stand sie auf und ging in die Richtung des Campingplatzes. Sie trug ein weißes, schmales Kleid und weiße Sandalen. Bella hielt es für möglich, daß sie Eisstücke in der Handtasche trug.

Neben Bella hatte inzwischen eine italienische Familie Platz genommen. Drei Generationen begannen laut

und ungeniert darüber zu streiten, was zum Abendbrot bestellt werden sollte.

Die Spaghetti, die Bella vorgesetzt bekam, schwammen in Olivenöl. In dem Olivenöl spiegelten sich die roten Glühbirnen. Die ganze Straße sah jetzt wie der Eingang zu einem traurigen Jahrmarkt aus. Vor den Jahrmarktsbuden, deren blinkende Lichtreklamen nicht mehr vorhandene Käufer anlocken sollten, standen alte Frauen in Hausschuhen und unterhielten sich. Bella beobachtete, während sie ein wunderbares Eis mit Namen »Tartufio« aß und dazu einen doppelten Grappa trank, einen Sportwagen, der ans Meer fuhr. In dem Wagen, dessen Verdeck aufgeklappt war, saßen zwei Männer, die die Verkaufsbuden musterten. Der Wagen fuhr langsam, und Bella nahm an, daß die Männer nach Mädchen suchten, mit denen sie den Abend verbringen könnten. Nach einer Weile kam der Wagen zurück und hielt vor dem Restaurant. Einer der beiden, klein, etwa dreißig, mit kurz geschorenem schwarzen Haar und ungepflegtem Vollbart, stieg aus und steuerte die erste der Verkaufsbuden an.

Bella sah ihm nach. Er hatte breite Schultern und kräftige Waden, die sich in seinen Hosenbeinen abzeichneten. Obwohl es sehr warm war und windstill, trug er eine geschlossene, ausgeblichene Windjacke. Der andere Mann, ein junger, blonder Typ, blieb im Wagen sitzen, drehte das Radio sehr laut und begann, sich die Fingernägel zu säubern. Er hatte dazu einen Zahnstocher aus seinem Mundwinkel genommen.

Die Frauen waren in den Buden verschwunden. Die italienische Familie neben ihr hatte plötzlich aufgehört, durcheinander zu reden. Aus irgendeinem Grund saßen sie alle mit dem Rücken zur Straße. Bella hätte gerne noch ein Bier getrunken. Sie wandte sich zum Restaurant, konnte aber den Kellner nicht entdecken. So saß sie da und blickte auf die beleuchtete Straße, die jetzt leer war.

Der untersetzte Mann kam aus dem Dunkel der ersten Verkaufsbude zurück. Er zog den Verschluß seiner Jacke hoch, steckte die Hand in die Hosentasche und ging langsam auf die nächste Bude zu. Die Familie neben Bella redete plötzlich wieder wild durcheinander. Nachdem der Mann auch die dritte Bude besucht hatte, kam er quer über die Straße und betrat das Restaurant, vor dem Bella saß. Das Radio dröhnte noch immer laut, so daß sie seine Schritte auf den steinernen Stufen nicht hören konnte. Bella sah, wie der Kellner hinter dem Tresen ihm eine Schachtel Zigaretten zuschob. Der Mann steckte die Zigaretten ein, drehte sich um und ging, diesmal zum Wagen, der noch immer mit dröhnendem Radio vor dem Restaurant stand. Der Mann öffnete die niedrige Wagentür. Dabei stieß er einen Stuhl um, der zu Bellas Tisch gehörte. Er zwängte sich in den Wagen, und Bella sah seine schwarzbehaarten Unterarme und die kräftigen Hände, mit denen er sich an der Frontscheibe festhielt. Auf der Haut der rechten Hand, zwischen Daumen und Zeigefinger waren fünf kleine, dunkle Punkte zu sehen.

Der Blonde gab vorsichtig Gas, und der Wagen fuhr langsam an. Er fuhr ein paar Meter unter den rot leuchtenden Glühbirnen dahin und verschwand dann in der Dunkelheit. Die Musik war noch eine ganze Weile zu hören.

Der Stuhl war liegen geblieben. Der Kellner kam, hob den Stuhl auf, fragte nach ihren Wünschen und nahm am Nebentisch eine lange Bestellung auf. Bella bekam einen Espresso und zahlte. Sie füllte viel Zucker in die kleine, dickwandige, braune Tasse und löffelte das Gemenge. Als sie aufstand, um zu gehen, standen die alten Frauen wieder vor den Verkaufsbuden und unterhielten sich leise.

Im Vorübergehen trafen sich ihre Blicke mit den Blicken der alten Frau aus der Bude, die der Dunkle zuerst aufgesucht hatte. Bella versuchte ein vorsichtiges Lächeln. Die Frau lächelte höflich zurück. Ihr Gesicht verzog sich dabei zu einer so traurigen Grimasse, daß Bella erschrak.

Sie ging die Straße entlang, anfangs unter Girlanden von Glühbirnen, schließlich durch eine Art Torbogen, ein Gestell aus Holz, mit Fahnen besteckt und bunt angemalt, das über die Straße gebaut worden war. Hinter dem Torbogen wurde es dunkel, keine Ketten aus Glühbirnen mehr, und der Beton der Straße endete im Sand. Ihre Augen gewöhnten sich schnell an die Dunkelheit. Nach ein paar Metern stand sie vor der dunklen, ruhigen Wasserfläche. Sie setzte sich in den Sand, der noch warm war.

An diesem Strand hatten im Sommer 1943 die amerikanischen Truppen versucht, an Land zu gehen. Sie hatten sich einige Tage mit den Deutschen erbitterte Kämpfe geliefert, bevor ihnen die Landung geglückt war. Tage später waren sie dann in Neapel gewesen.

Bella sah in den Himmel. Die Sterne, die immer deutlicher aus dem Dunkel hervortraten, je länger sich ihre Augen an die Nacht gewöhnt hatten, waren die gleichen wie damals. Sie hingen über Schutzgeld eintreibenden Muskelmännern genauso wie über zerschossenen Soldatenleibern und einem kleinen Mädchen, das die Männer nicht mochte, die ihre Mutter besuchten. Sie hatte Sterne schon immer zum Kotzen gefunden. In Augenblicken wie diesem fühlte sie sich so fremd auf der Welt, daß sie die Einsamkeit körperlich fühlte; ein widerliches Gefühl, von dem sie manchmal nachts erwachte und das sie »die kleine Angst« nannte.

Sie streifte die Schuhe ab und schob die Füße in den tröstlich warmen Sand. Die rechte Hand steckte sie in die rechte Tasche ihres Jacketts. Sehr aufmunternd waren die Verse ihres Großvaters nicht, die ihr durch den Kopf gingen:

> Wie oft wohl weinen wir wegen
> Unseres Lebens Armseligkeit!
> Ach liebe Freunde, was ist das gegen
> Kälte und Finsternis kommender Zeit!

Glatt und tröstend lag die Beretta in ihrer rechten Hand. Nach einer Weile zog sie die Schuhe wieder an

und ging zurück. Die Lichterketten über der Betonstraße beleuchteten ein paar riesige, merkwürdig bewegliche Mülleimer. Beim Näherkommen sah sie, daß auf den herunterhängenden Deckeln Katzen turnten. Als sie die Fahrscheine, die sie zerknüllt noch immer in der Jackentasche trug, in einen der Mülleimer warf, sprangen ihr unvermutet ein paar Katzen entgegen. Der Gestank aus den Eimern war so gräßlich, daß sie schnell weiterging, durch die menschenleere Straße bis zum Hotel, begleitet vom Geschrei tobender Katzen.

In der Halle war es kühl und ebenfalls menschenleer. Außer ihrem fehlte kein Schlüssel an der Wand hinter der Rezeption.

Am nächsten Morgen saß Bella schon früh vor dem Café auf der Dorfstraße. Sie bestellte einen Milchkaffee, dann einen zweiten, betrachtete die trostlose Straße und warf bei Gelegenheit einen Blick auf das hohe Eisentor des Campingplatzes. Es hatte viel Ähnlichkeit mit jenen Toren, auf denen vor fünfzig Jahren in Deutschland der Satz »Arbeit macht frei« zu sehen gewesen war. Gegen zehn Uhr, auf Bellas Haut bildeten sich die ersten kleinen Schweißtropfen, obwohl die Sonne hinter grauem Dunst nicht zu sehen war, trat die Dame Korthum durch das Tor auf die Straße. Sie trug ein weißes Hemd ohne Ärmel und eine schlabberige weiße Leinenhose, die bis zu den Waden reichte. In der rechten Hand hielt sie eine leuchtend blaue Badetasche, über der linken Schulter einen kleinen, blauen Sonnenschirm. Bella hatte die furchtbare Vision, von nun an vierzehn Tage lang von morgens bis abends am Strand liegen und beobachten zu müssen, wie sich die Haut

ihres Badeanzuges verschwinden. Bella erwartete, sie auf den hervorstehenden Knochen klimpern oder durch die Beinausschnitte auf den Betonboden fallen zu hören.

Nichts von beidem geschah. Die Frau nahm das noch immer schreiende Mädchen bei der Hand und trat auf die Dorfstraße. Die Füße in dünnen Gummilatschen, überquerte sie ungerührt und in sich versunken die steinige, schattenlose Straße. An der rechten Hand hielt sie das schreiende Kind, in der linken, zwischen den dünnen, blassen Fingern eine halb gerauchte Zigarette. Ihre Beckenknochen zeichneten sich beim Gehen unter dem Badeanzug ab.

Bella sah ihr nach, bis sie in dem kleinen, türkisfarben gekachelten Fischladen verschwand, in dem es, seit die Saison vorbei war, nichts mehr zu kaufen gab. Seine Kacheln waren ein auffallender Farbfleck im eintönigen Gelbgrau der Straße. Dann ging sie zurück an den Strand, um ihr Handtuch zu holen. Sie hatte beschlossen, unter dem ausgefransten Binsendach sitzen zu bleiben.

Am Nachmittag, vielleicht auch am frühen Abend, Bella hatte jedes Zeitgefühl verloren – sie hätte auch nicht sagen können, wie weit wirklich entfernt –, sah sie in der Ferne die Korthum über den Sand in Richtung Campingplatz stapfen. Am Strand spielten jetzt drei Kinder mehr als am Vormittag. An der Stelle, an der die Korthum gelegen hatte, schnüffelte ein Hund im Sand. Er war schmutziggelb und sehr mager. Als Bella näher kam, legte er den Kopf schräg, sah sie von unten herauf an und ging langsam ein paar Schritte rückwärts, bevor er sich umdrehte und davonlief.

Kleine Wellen rollten regelmäßig und kraftlos an den Strand und fielen ebenso kraftlos wieder zurück. Der Sand, den sie berührt hatten, war glatt und glänzte in der tief stehenden Sonne wie ein Spiegel. Es war, als rutsche das kraftlose Wasser von dem glatten Spiegel ab, zurück ins Meer.

Bella sah eine Weile dem schlaffen Wasser zu. Dann ging sie über den Sand zum Campingplatz. Die Tür des Wagens war geschlossen. Die Gardinen vor den Fenstern waren zugezogen. Bella nahm an, daß die einzige Bewohnerin des Campingplatzes sich schlafend von dem anstrengenden Tag am Strand erholte.

Am Ausgang des Platzes lagen, ein paar Meter näher zum Tor als am Morgen, aber genauso unbeweglich, dieselben Hunde und schliefen. Auch die trächtige Hündin schlief. Neben ihrem riesigen Bauch lag das braunrosa Gesäuge im Sand, als ob es nicht dazugehöre.

Bella ging zurück ins Hotel. Ihr Bett war ordentlich gemacht. Die Fensterläden waren geschlossen. Durch die Ritzen drang vorsichtig ein wenig Licht ins Zimmer. Das Zimmer war kühl und still. Am Bad hing ein sauberes Badelaken. Sie duschte und legte sich dann auf das Bett. Beim Einschlafen begann sie sich mit dem Gedanken vertraut zu machen, daß sie zum ersten Mal in ihrem Leben ihr Geld dadurch verdiente, daß sie gezwungen war, sich zu langweilen.

Als Bella sich an einen der Tische vor dem Restaurant setzte, saß die Korthum bereits im Restaurant nebenan. Sie sprach mit dem Kellner, als ob sie schon länger mit ihm bekannt sei. Nach einer Weile stand sie auf, um im Hintergrund des Restaurants zu telefonieren. Ein paarmal trommelte sie ungeduldig mit den Fingern der rechten Hand auf den Tresen. Es war, als versuche sie, jemanden am anderen Ende der Leitung von irgend etwas zu überzeugen. Als sie den Hörer endlich auflegte, schien es, als habe sie Erfolg gehabt. Sie ging zurück an ihren Tisch und lächelte dem Kellner zu. Es war das erste Mal, daß Bella sie lächeln sah.

Auf der Straße standen wie am Abend zuvor die alten Frauen vor den Verkaufsbuden. Wie am Abend zuvor rollte der niedrige Sportwagen ins Dorf, als Bella gerade Kaffee und Grappa bestellt hatte. Begleitet von lauter Musik aus dem Autoradio, ging der Muskelmann in den Buden seinen Geschäften nach, ließ sich im Restaurant wieder eine Packung Zigaretten über den Tresen schieben, und die Männer fuhren davon, ohne mit irgend jemandem gesprochen zu haben.

Während Bella zahlte, begann sie mit dem Kellner ein Gespräch darüber, woher denn die Besitzerinnen der Verkaufsbuden jetzt, wo die Saison vorüber war, ihre Einnahmen bekämen. Sie erfuhr, daß täglich mehrere Busse mit Touristen kämen, die die nahe gelegenen Tempelruinen besichtigten. Anschließend würden sie von den Busfahrern vor die Buden gefahren. Der Kellner versicherte, daß die Geschäfte noch immer gut gingen – auch für ihn im Restaurant.

Als Bella ihn fragte, ob die Geschäfte denn auch so gut gingen, daß die beiden Burschen im Sportwagen ebenfalls davon leben könnten, sah er sie aufmerksam und fast feindselig an und wechselte das Thema.

Bella erhob sich, nachdem die Korthum gegangen war. Sie verließ die beleuchtete Dorfstraße in Richtung Campingplatz. Im Dunkeln kam sie zu nah an den Mülleimern vorbei. Die Katzen erschraken, und ein paar suchten mit lautem Gekreisch das Weite. Sie ging vorbei an dem niedrigen steinernen Haus der Frau, die den kleinen Laden führte. Das Haus und die Campingwagen bildeten dunkle Blöcke gegen den Nachthimmel. In einem einzigen Wagen am Ende des Platzes war noch Licht zu sehen. Vorsichtig trat Bella an das Fenster. Die Korthum lag im Bett und las. Sie trug kein Nachthemd, und ihre Schultern hoben sich schmal und braun von dem weißen Kopfkissen ab. Sie war allein.

Bella nahm den Rückweg am Strand entlang. Ihre Augen hatten sich jetzt so an die Dunkelheit gewöhnt, daß sie Wasser und Sand unterscheiden konnte. Es war noch immer vollkommen windstill. Das schwarze Wasser lag unbeweglich am Strand. In einiger Entfernung liefen geduckte Schatten über den Sand. Beim Näherkommen erkannte sie ein Rudel Hunde. Es waren vier, drei davon ziemlich groß, alle sehr mager. Bella ging auf sie zu. Sie liefen nicht davon, umkreisten sie lautlos mit schräg gehaltenen Köpfen, wandten sich aber bald ab und liefen über den Strand.

Bella hatte unwillkürlich nach der Beretta in ihrer Jackentasche gefischt. Als die Hunde davonliefen, lächelte sie über ihre Reaktion.

Auf der Dorfstraße ließen die alten Frauen mit lautem Knallen die Aluminiumjalousien vor den Verkaufsbuden herunterfallen. Nur die erste Bude am Eingang des Dorfes war noch geöffnet. Neben dem Eingang saß ein Mann auf einem Sessel und schlief. Bella betrat den Innenraum und befand sich zwischen hohen, vollgestopften Regalen und Bergen von verstaubtem Tongeschirr, die auf dem Fußboden standen. An der Kasse im Hintergrund lehnte die dicke Frau und sah ihr entgegen. Ihre mit Krampfadern überzogenen Beine steckten in weiten Filzpantoffeln.

Die Kasse ist kaputt, sagte sie mit gleichgültiger, halblauter Stimme.

Wenn Sie etwas kaufen wollen, machen Sie das ruhig. Aber einen Kassenzettel können Sie nicht bekommen.

Bella nickte und begann in dem dämmrigen Durcheinander nach einer Strandmatte zu suchen. Sie ging langsam zwischen den Regalen umher, auf denen T-Shirts, Pullover, Jeans und Badehandtücher lagen, als wären sie vor Jahren dort hingelegt und nie wieder bewegt worden. Die Alte humpelte hinter ihr her, Bella hörte sie beim Gehen mühsam atmen. Alle Waren waren mit Staub überzogen. In der Nähe des Eingangs standen zwei Ständer mit Badeanzügen. Darüber hingen Badeanzüge von der Decke, die auf Drahtbügel gespannt waren. Sie schob einen der Ständer beiseite und erschrak.

Auf einem hölzernen Stuhl saß unbeweglich und kerzengerade eine Frau mit sorgfältig gekämmten Haaren. Auf dem Kopf hatte sie eine große weiße Schleife. Die Frau war noch jung, aber der abwesende, blöde Ausdruck auf ihrem Gesicht machte es schwierig, ihr Alter zu schätzen. Ihr Mund stand halb offen. Den Blick hatte sie auf ihre Hände gerichtet, die unbeweglich im Schoß lagen. Am Ringfinger der rechten Hand fehlte das erste Glied.

Bella sah auf die Frau. Sie atmete schneller vor Wut und spürte ihren Mund trocken werden. Als sie zurücktrat, schob die Alte, die hinter ihr gestanden hatte, den Ständer mit Badeanzügen an seinen Platz. Der Stuhl mit der darauf sitzenden Frau war nicht mehr zu sehen. Die Alte schlappte vor Bella her, zurück in den Hintergrund, und setzte sich neben die Kasse, deren Schublade herausgezogen war. Bella sah ihr ins Gesicht.

Wenn Sie nichts kaufen wollen, gehen Sie, sagte die Alte gleichgültig.

Ich kaufe eine Information, sagte Bella.

Die Alte antwortete nicht und sah an Bella hoch, etwa bis zu ihrem Hals. Ihr rechtes Augenlid hing unbeweglich herunter wie nach einem Schlaganfall.

Ich will wissen, wer das war.

Beide, sagte die Alte. Ihre Stimme war vollkommen gleichgültig.

Die beiden aus dem Auto, das abends kommt.

Bella wartete.

Sie machen das seit Jahren. Die Mädchen wollen weg von hier. Sie bringen sie nach Deutschland oder nach Frankreich, was weiß ich. Sie haben ihre Puffs überall.

Die Alte sprach nicht weiter.

Bella wartete. Nach einer Weile sagte die Frau:

Sie wollte nicht. Es ist nicht richtig, daß sie zur Polizei wollte. Der Junge, ja. Sie wollte bloß weg von hier. Im Zug nach Neapel ist sie ihnen wohl begegnet. Am nächsten Abend haben sie sie mitgebracht. Ich hab' sie gewaschen. Seitdem sitzt sie so.

Die alte Frau sah nicht mehr auf Bellas Hals. Sie hatte den Kopf gesenkt. Jetzt hob sie ihn wieder.

Sie sollten sich lieber den da draußen ansehen, sagte sie. Da sitzt er und schläft. Er träumt von seinen Kindern. Und von Enkelkindern. Er wird keine haben. Und er weiß auch, warum. Fragen Sie ihn doch, was er getan hat, damals. Fragen Sie ihn doch, weshalb er keine Enkelkinder haben wird.

Ihre Stimme wurde beim Sprechen leiser und klarer. Sie wurde zu der scharf geschliffenen Klinge, schmal und biegsam, die sie dem Mann da draußen unzählige Male in den Leib gestoßen hatte, seit sie begriffen hatte, daß er ein Feigling war.

Bella nahm fünf Zehntausend-Lire-Scheine aus der Hosentasche und legte sie in die offene Kassenschublade. Langsam beugte sie sich vor und strich der alten Frau behutsam über die Hände. Dann drehte sie sich um und ging. Vor der Bude, direkt unter dem abwechselnd rot und grün aufleuchtenden Neonlicht, lag auf einem Korbsessel ein Mann und schlief. Er mochte etwa sechzig Jahre alt sein. Sein gebräuntes Gesicht unter dem weißen, dichten Haar war schön und friedlich. Er hatte die braunen, gepflegten Hände auf die Lehnen des Sessels gelegt. Am linken Handgelenk hing ein schmales, goldenes Kettchen. Er sah schön und verloren aus, wie er da lag und schlief. Fast hätte er ihr leid getan.

Bella ging zurück über die Straße und setzte sich an einen Tisch vor dem Restaurant. Sie bestellte einen Grappa. Sie war jetzt der einzige Gast, und auch die Straße war leer. Der Nachtwind schob eine große, schmutzige Zeitung, die am Straßenrand lag, kraftlos etwas näher heran. Bella sah auf die geschlossenen Metallfronten der Verkaufsbuden und dachte, daß sie noch niemals eine Straße gesehen hatte, die so öde war wie diese.

Dann erwachte der schöne alte Mann auf dem Korbsessel. Er stand auf, reckte sich verschlafen, nicht ohne

Anmut, und begann, mit einer langen Stange die auf den Bügeln hängenden Badeanzüge abzunehmen. Er bediente einen Hebel über dem Korbsessel, und mit lautem Krachen fiel auch die letzte Metalljalousie herunter. Der Mann verschwand in dem schmalen, dunklen Gang zwischen den Buden. Der Nachtwind unternahm einen vergeblichen Versuch, die Zeitung hinter ihm her zu schieben.

Bella blieb sitzen und dachte darüber nach, daß es Leute gab, die behaupteten, »die Natur« behandele Männer und Frauen im Alter unterschiedlich. Auch über zwei Männer in einem schwarzen Sportwagen dachte sie eine Weile nach. Als sie ins Hotel ging, um sich schlafen zu legen, merkte sie an ihrem lockeren, beschwingten Gang, daß sie gute Laune hatte.

Ihre gute Laune war auch beim Frühstück am nächsten Morgen noch da. Sie schlug das Buch auf, das sie neben ihre Tasse gelegt hatte, und las:

> Mein Stern ist längst in meinem Glas versunken.
> Doch will ich hoffen, nicht für alle Zeit.
> Heut faß ich Mut und bin vor Freude trunken:
> Mein Stern ist wieder da – ich bin bereit.

Sie hätte gern ihr Glas erhoben und ihrem Großvater zugetrunken, aber sie hatte sich Abstinenz verordnet. Statt dessen bestellte sie noch zwei Stücke Gebäck und aß mit Genuß den süßen Teig, nachdem sie ihn sorgfältig, nicht zu lange und nicht zu kurz, in den Kaffee eingetaucht hatte.

Als die Korthum erschien, in Weiß und Blau, leicht gebräunt und so elegant, als käme sie gerade von der Frühstücksterrasse des Grand-Hotels in Cannes und nicht vom schäbigsten aller Campingplätze, blieb Bella ruhig sitzen, bis sie nicht mehr zu sehen war. Erst viel später setzte sie sich unter das zerfledderte Binsendach, las und warf hin und wieder einen Fünftausend-Mark-Blick auf die Frau unter dem blauen Sonnenschirm, die heute zur Abwechslung einen weißen Bikini angezogen hatte.

Am frühen Nachmittag, die Korthum war inzwischen unter das Binsendach gekommen, hatte ihr Eis gegessen und sich, diesmal ohne Bella zur Kenntnis zu nehmen, wieder unter ihren Sonnenschirm gesetzt, erschienen auch Mutter und Tochter wieder und nahmen neben der Musikbox Platz. Beide trugen dieselbe Bekleidung wie am Tag vorher. Die Mutter sah noch ein wenig grauer und dünner aus, so, als habe sie beschlossen, endgültig von Zigarettenrauch zu leben und sich zur Bekräftigung ihres Vorsatzes mit Zigarettenasche eingerieben. Dann begann die Musikbox zu lärmen, und Rosa-Baby begann, das Tanzbein zu schwingen. Bella ergriff die Flucht.

Im Hotelzimmer machte sie ein paar gymnastikähnliche Bewegungen, fand, daß sie ausgezeichnet in Form war, und legte sich hin, um zu schlafen.

Der Traum, an den sie sich beim Aufwachen erinnerte, gefiel ihr so gut, daß sie lachen mußte. Sie war mit einer Gruppe von Frauen über Häuserschluchten lokker von Dach zu Dach gesprungen. Eine Frau, die sie wegen ihrer Engstirnigkeit überhaupt nicht ausstehen konnte, war nicht weit genug gesprungen und in der Tiefe verschwunden.

So einfach, Bella, wird's heute abend wohl nicht werden, dachte sie, aber das störte sie nicht.

Sie zog sich sorgfältig an. Statt der üblichen Hosen und flachen Sandalen ein enges, knallrotes Seidenkleid, die roten Schuhe mit den sehr hohen Absätzen und lange, schwarze Ohrringe. Zufrieden betrachtete sie sich im Spiegel. Es war richtig gewesen, das Zeug mitzunehmen. In ihrem Beruf, fand sie, mußte sie für jede Situation gut ausgerüstet sein. Für das, was sie vorhatte, wären blonde Locken natürlich besser gewesen, aber so ging's auch. Die Beretta verstaute sie sorgfältig in einer flachen Unterarmtasche aus rotem Lackleder; einer von diesen Taschen, mit denen Frauen besonders elegant und besonders überflüssig aussehen.

Als sie den Schlüssel ihres Zimmers an der Rezeption abgab, bemerkte sie zufrieden, wie der Portier bei ihrem Anblick vor Bewunderung vergaß, den Mund wieder zuzumachen.

Ihre Mutter fiel ihr ein, die gesagt hatte, die Männer seien alle gleich, aber die Italiener seien noch gleicher. Wieder mußte sie lächeln, und das Lächeln behielt sie bei, als sie mit dem Kellner im Restaurant ein Gespräch begann. Der Kellner versprach, ihr behilflich zu sein.

Während sie auf ihren Salat wartete, beobachtete sie ihn bei der Arbeit. Seine Bewegungen waren ruhig und würdevoll. Er bediente die einfachen Leute im Restaurant geduldig und, wie Bella fand, mit geradezu ausgesuchter Zuvorkommenheit. Und mit Trauer, dachte sie und sah noch einmal genau hin.

Es war wirklich so. In all seinen Bewegungen, in seinem Gesichtsausdruck war eine verborgene, kleine Traurigkeit. Als er an ihr vorüberging, lächelte sie ihm zu.

Dann tauchte der Sportwagen auf. Das abendliche Leben auf der Dorfstraße war auf seinem Höhepunkt angekommen. Im Restaurant hatten außer Bella die Korthum und drei italienische Großfamilien Platz genommen. Auf der Straße unterhielten sich wie an jedem Abend die Frauen, während sie vergeblich auf Kundschaft warteten. Der schöne Alte von gegenüber lag im Sessel und schlief. Der Abend war warm und windstill. Der Sportwagen drehte langsam und sorgfältig auf der Straße und hielt dann dicht vor Bellas Tisch. Der Muskelmann stieg über die Tür und ging über die Straße, während der junge Blonde das Radio aufdrehte. Bella hörte die Stimme von Frank Sinatra und fand die Musik außerordentlich passend. Als der Blonde zufällig in ihre Richtung sah, schlug sie die Beine übereinander und lächelte sanft. Der Blonde zog langsam den Zahnstocher aus dem Mund, ließ ihn an der Unterlippe hängen und starrte sie an. Er sah aus wie ein Ochsenfrosch beim Anflug eines Storches. Bella wandte sich ab und rührte graziös in ihrer Espressotasse herum.

Als der Muskelmann etwas später an den Tresen kam, sprach der Kellner mit ihm und wies mit dem Kopf auf Bella, während er ihm eine Schachtel Zigaretten über den Tisch schob. Als der sich umdrehte und sie ansah, erhob sie sich langsam. Es würde klappen.

Der Muskelmann ging dicht an ihr vorbei und zeigte mit dem Kopf auf den Wagen, ohne ein Wort zu sagen.

Er demonstriert das Wunder der süditalienischen Männlichkeit, dachte sie, schweigsam, brutal, rücksichtslos. Mein Gott, ist der Kerl lächerlich. Er sollte sich mal von hinten sehen.

Gehorsam ging sie hinter ihm her. Er ging auf die Fahrerseite, und der Blonde erhob sich freiwillig und setzte sich auf das Verdeck des Wagens. Das gefiel Bella nicht. Sie hätte die beiden lieber vor sich gehabt, aber im Augenblick konnte sie daran nichts ändern. Sie stieg auf das Trittbrett, zog den engen Rock hoch und kletterte über die Wagentür. Auf ihrem Hintern fühlte sie die empörten Blicke dreier Großfamilien. Der Wagen fuhr an. Aus irgendeinem Grund fuhr der Muskelmann noch einmal eine langsame Kurve vor dem Restaurant. Als Bella an der Korthum vorbeifuhr, sah sie Erstaunen und Wut in deren Gesicht. Das erschien ihr merkwürdig unangemessen.

Der Muskelmann hatte es nicht eilig, er fuhr den Wagen langsam durch die warme Nacht. Auf den Weiden rechts und links der Straße sah Bella die plumpen, schwarzen Umrisse von Büffeln. Weiter vor ihnen war der Himmel rotgelb vom Licht der Scheinwerfer, die die Tempelruinen anstrahlten. Bella wandte sich um und fragte den Ochsenfrosch leise, ob er Lust hätte, ihr den großen Tempel zu zeigen. Er lächelte freudig zurück. Sein Partner legte die rechte Hand feucht und heiß auf ihren linken Oberschenkel; eine kräftige, breite Hand mit kurzen Fingern. Auf jedem Finger wuchsen zwei schwarze Haarbüschel. Sie ließ die Hand liegen, was sie große Überwindung kostete, und bewegte ganz langsam die Oberschenkel hin und her.

Der Wagen hielt an einer Mauer. Sie stiegen aus. Bella kletterte über ein paar große Steine und stöckelte vor den Männern her auf der Mauer entlang und dann über eine alte, schon vor den Griechen angelegte Straße direkt auf die große Tempelruine zu. Das Licht war jetzt so kräftig, daß sie die Sterne am Himmel nicht mehr erkennen konnte. Es war ein dunkles, gelbes Licht, und Bella schien es, als beträten sie eine Bühne, während sie die breiten Marmorstufen emporstieg. Sie blickte sich um und lächelte ihre Begleiter an, die direkt hinter ihr waren.

Ruhig, Bella, ganz ruhig.

Sie ging langsam weiter bis an eine der Säulen im Hintergrund. Sie drehte sich um, lehnte sich mit dem Rükken an die Säule, streifte mit einer langsamen Bewegung die Schuhe von den Füßen und stand jetzt breitbeinig da. Im Rücken fühlte sie die Rillen des Steins. Während sie die Tasche unter dem Arm hervorzog und langsam aufklappte, ließ sie die beiden Männer nicht aus den Augen. Vielleicht hatte sie einen Augenblick vergessen zu lächeln, denn eine kleine Sekunde bevor sie die Tasche fallen ließ und die Pistole auf die beiden richtete, hatten die Männer begriffen, daß sie etwas anderes erwartete als das, was sie sich vorgestellt hatten. Aber da war es zu spät.

Der Dunkle, die Hose schon in den Kniekehlen, versuchte, sich nach seiner Jacke zu bücken, die neben ihm auf den Steinen lag. Bella schoß in die am Boden liegende Jacke. Es gab einen Ton, als habe sie zufällig die in der Jacke steckende Waffe getroffen. Der Dunkle nahm die Arme hinter den Kopf, ohne daß sie ihn aufzufordern brauchte. Der Blonde tat es ihm nach. Ihm schlotterten deutlich die Knie, und Bella nahm sich vor, besonders auf ihn zu achten. Er hatte zwar keine Waffe, aber in seiner Angst war er weniger leicht zu berechnen.

In den Gesichtern der beiden Männer, die da im Scheinwerferlicht vor ihr standen, spiegelten sich Angst und Verblüffung. Bella fand, daß sie ihnen ein wenig behilflich sein sollte, ihre Lage zu erkennen.

Es gibt eine Menge Ratten auf der Welt, sagte sie leise und scharf, aber solche widerlichen wie ihr sind mir lange nicht begegnet. Wie lange, habt ihr geglaubt, könnt ihr euer dreckiges Geschäft betreiben, ohne daß euch dabei jemand auf die Finger klopft? Ihr kotzt mich an. Alten Frauen den letzten Groschen aus der Kasse nehmen und kleine Mädchen im Zug vergewaltigen – ist das alles, was ihr könnt?

Es klickte, und in der erhobenen Hand des Blonden sprang ein Messer auf. Bella sah deutlich die kurze, scharfe Klinge. Sie schoß, als er versuchte, sie anzuspringen. Er stürzte auf den Steinfußboden und blieb regungslos liegen.

Der Dunkle, noch immer mit den Händen über dem Kopf, starrte sie mit weit aufgerissenen Augen an. Bella deutete mit der Pistole auf den Körper, der am Boden lag und sagte:

Sieh nach.

Der Mann ging ein paar Schritte zur Seite. Die Arme behielt er hinter dem Kopf. Er versuchte, den Körper mit der Fußspitze umzudrehen, aber vor Angst knickten seine Beine ein. Als er begriff, daß sein Kumpan tot war, ging er in die Knie und begann zu wimmern. Bella fand ihn widerlich. Dann stellte sie fest, daß er immer die gleichen Worte wiederholte:

Frag sie doch, frag sie doch.

Bella spürte, daß ihr übel wurde. Es stank plötzlich nach Schweiß und Scheiße.

Wen? fragte sie, wen soll ich fragen?

Na, die Blonde, sagte er jammernd. Die weiß doch besser Bescheid als wir, was aus den Mädchen wird. Aber eure eigenen Leute, die laßt ihr raus, und er warf sich herum, um nach seiner Jacke zu greifen. Bella schoß. Er sackte über seiner Jacke in sich zusammen.

Bella lehnte sich gegen die Säule und wartete, bis ihr Atem wieder ruhiger ging. Vor ihr auf der Bühne lagen die leblosen Körper der Männer.

Das Rauschen in ihren Ohren klang langsam ab. Dicht neben ihr zirpte plötzlich sehr laut eine Zikade. Irgendwo, sehr weit weg, bellte wie rasend ein Hund.

Was ist, Block, dachte sie, hast du Beifall erwartet?

Sie löste sich von der Säule. In ihrem Rücken spürte sie einen kühlen Streifen, dort, wo die Seide feucht geworden war. Sie wußte, daß sie in den Taschen der Männer nichts finden würde, was sie interessierte.

Bella nahm die Schuhe in die Hand und ging. Auf der Mauer stehend blickte sie zurück. Die Körper der Männer lagen wie Flickenbündel im Scheinwerferlicht – oder wie riesige Scheißhaufen, dachte sie.

Der Asphalt unter ihren nackten Füßen war warm. Als sie an den Gattern vorbeikam, schnaubten die Büffel leise und zustimmend.

Die Dorfstraße war dunkel und verlassen. Bella sah in den Himmel. Auch Sterne waren nicht zu sehen. Sie ging, die Schuhe noch immer in der Hand haltend, bis ans Ende der Straße und durch den warmen Sand bis nah ans Wasser. Dort setzte sie sich in die schwarze Stille. Nach einer Weile sah sie die Schatten streunender Hunde am Wasser, die bald von der Finsternis verschluckt wurden. Bella blieb noch eine Weile im Sand sitzen.

Irgend etwas, dachte sie, ist an dieser Sache von Anfang an nicht so gewesen, wie es sein sollte. Aber langsam wird der Fall klarer. Diese Frau ist nicht hier, um sich mit einem Liebhaber zu treffen. Es könnte sein, daß sie in Geschäften hier unten ist. Vielleicht ahnt sie, daß der Mann sich scheiden lassen will und versucht, vorher ihre Schäfchen ins trockene zu bringen. Es könnte auch sein, daß Korthum ihr nicht über den Weg traut. Was aber heißen würde, daß er nicht nur einen Schuhladen, sondern auch andere Geschäfte in Blankenese betreibt. War das möglich? Dumme Frage. Bella dachte an die Plastikhülle mit den fotografierten Unterteilen, die sie gefunden hatte und die offenbar so wichtig gewesen war, daß irgend jemand ihr deshalb einen Hanswurst mit Schlagring ins Haus geschickt hatte. Korthum wollte über jeden ihrer Schritte informiert sein, hatte er gesagt. Und er wollte angerufen werden, wenn etwas Ungewöhnliches passierte.

Sie hatte plötzlich das dringende Bedürfnis nach einem großen Grappa. Sie fühlte sich erschöpft und müde, und der Tod der beiden Männer erschien ihr sinnlos. Sie versuchte sich damit zu trösten, daß wenigstens diese beiden einem Mädchen nicht noch einmal so brutal begegnen würden, aber selbst das schien ihr ein schwacher Trost. Sie brauchte sich nur vorzustellen, in welcher Situation die Mädchen waren, deren fotografierte Unterteile ihr ein anderer Muskelmann vor ein paar Tagen abnehmen wollte, um zu wissen, daß der Tod der beiden nichts änderte. Sie stand auf, entschlossen, in ihrem Hotel noch etwas Trinkbares aufzutreiben, obwohl dort bestimmt niemand mehr wach war.

Barfuß ging sie zurück. Die Steine in der Hotelhalle waren kühl. Im Frühstücksraum fand sie neben dem Buffet einen Kühlschrank, gefüllt mit Sekt. Seit sie als Kind in Neapel gelebt hatte, hatte sie niemals mehr italienischen Sekt getrunken. Sie haßte das Zeug, so lange sie denken konnte. Sie würde ihre Prinzipien wegen zweier toter Scheißkerle nicht aufgeben. Mit einer müden Handbewegung schloß sie die Tür des Kühlschranks. Als sie sich umwandte, um zu gehen, sah sie in der Tür des Frühstücksraums den Kellner stehen, der ihr die Bekanntschaft mit den beiden Männern vermittelt hatte. Er hob den rechten Arm und hielt eine Flasche ohne Etikett in die Höhe, die ziemlich groß war und eine klare Flüssigkeit enthielt. Bella, die Schuhe in der Hand und die Tasche unter dem Arm, lächelte ihn an. Er ging voran, setzte sich auf die Treppe vor dem Hotel und stellte zwei dickwandige Gläser auf die oberste Stufe. Es gab ein mattes, angenehmes Geräusch auf dem Stein. Bella setzte sich neben ihn, nahm ein Glas und trank ihm zu.

Salute, sagte er.

Seine Stimme war leise und sanft. Bella dachte, daß er einer von denen war, die sich tagsüber für die Sachen der Gäste interessierten. Wahrscheinlich hatte er die Beretta gesehen. Und sie dachte, daß sie ihm dankbar war. Sie nahm an, daß er die Schüsse gehört hatte, aber das war ihr im Augenblick egal. Sie lehnte sich zurück, trank und hielt ihm das Glas hin. Er füllte es zum zweiten, und nachdem sie eine Weile schweigend in die Nacht gesehen hatten, zum dritten Mal. Langsam ließ ihre Anspannung nach. Es blieb nur ein kleiner Rest Traurigkeit zurück, der ganz normale Bodensatz, und mit dem ließ sich leben.

Nach einer langen Zeit wandte sie sich ihm zu und fragte:

Mit wem hat sie gesprochen?

Er sah sie an.

Mit Hamburg, sagte er dann, eine Frau. Den Namen weiß ich nicht.

Ist nicht wichtig, sagte Bella. Und nach einer Weile: Wie lange kommt sie schon hierher?

Er dachte länger nach.

Bald zwanzig Jahre, denke ich, antwortete er dann.

Bella betrachtete ihn. Er war etwas jünger als sie, hatte kaum noch Haare, und sein Profil war sanft und männlich zugleich.

Sie will nach Neapel, fügte er hinzu. Am Freitag.

Bella rechnete kurz nach. Freitag – das war in zwei Tagen. Langsam und schweigend tranken sie die Flasche leer. Als sie aufstand, um die Treppe hinaufzugehen, blieb er sitzen und sah ihr nach. Bella fand, daß er außerordentlich taktvoll war. Und dieser Eindruck verstärkte sich noch, als sie am nächsten Morgen feststellte, daß er ihr die Schuhe und die Handtasche mit der Beretta nachgetragen und vor die Zimmertür gelegt hatte.

Sie schlief bis in den tiefen Vormittag hinein. Als sie aufwachte, fühlte sie sich wunderbar. Sie öffnete die Fenster, sah den grauen Himmel und das graue Meer und atmete tief. Es war sehr warm. Unten auf der Dorfstraße standen zwei Autobusse. Die Türen waren weit geöffnet, vor den Fenstern waren braune Sonnenjalousien heruntergezogen. Zwischen dem Café und den Verkaufsbuden gingen Menschen hin und her. Zwei junge Mädchen verschwanden in der Bude am Dorfeingang. Sie kamen schnell wieder heraus und gingen eilig weiter. Kurz nach ihnen erschien die Alte und blieb breitbeinig am Eingang stehen.

Gerade als Bella sich vom Fenster abwenden wollte, hielt vor dem Restaurant ein staubiger, dunkelblauer Fiat. Zwei Männer stiegen aus und standen einen Augenblick unschlüssig in der Mitte der Straße. Bellas Herz klopfte ein wenig schneller. Sie sprachen kurz miteinander und gingen dann jeder in eine andere Bude.

Obwohl sie keine Uniform trugen, waren sie so deutlich als Polizisten zu erkennen gewesen, daß Bella darüber nachzudenken begann, woran es lag, daß Polizisten immer und unter allen Umständen als Polizisten zu erkennen sind. Sie war zu dem Schluß gekommen, daß man ihnen vermutlich in ihren Kantinen etwas Besonderes in den Kaffee tat, was sich dann als Polizistenausstrahlung wie eine Aura um sie legte. Die beiden erschienen wieder auf der Straße. Sie verständigten sich kurz und gingen weiter getrennt ihrer Arbeit nach. Zuletzt trafen sie sich vor dem Restaurant, blieben eine Weile dort – Bella konnte sie vom Fenster aus nicht sehen – und kamen zurück zum Wagen. Als sie einstiegen, machten sie einen gelangweilten Eindruck. Bella atmete auf. Die Omerta, das Gesetz des Schweigens, war auch diesmal nicht durchbrochen worden.

Bella schloß die Fensterläden, zog sich an und verließ das Zimmer, nachdem sie die vor der Tür liegenden Schuhe und die Handtasche aufs Bett geworfen hatte. Die Beretta war in der Tasche, sorgfältig in eine weiße Stoffserviette eingeschlagen.

Sie holte noch einmal tief Luft. Die hätten die beiden hier nicht finden dürfen. Aber offenbar hatte man sie gar nicht erst die Treppe hinauf gelassen.

Sie trank an der Bar einen Kaffee, Hunger hatte sie nicht, und fragte die kleine, rundliche Frau hinter dem Tresen nach dem Kellner. Er hat seinen freien Tag, sagte sie und lief eilig an die Tiefkühltruhe, aus der sich gerade ein Trupp Touristen mit Eis bediente.

Bella verschwand so schnell sie konnte aus dem Café. Auf dem Weg zum Strand hörte sie plötzlich und nur ganz kurz wieder das rasende Hundegebell. Den dazugehörigen Hund sah sie nicht, aber es fiel ihr schwer zu glauben, daß einer der halbverhungerten Straßenköter so bösartig kläffen konnte. Wahrscheinlich gab es hier irgendwo noch Hunde, die ihr Leben an einer zu kurzen Kette verbringen mußten. Sie setzte sich auf ihren Stammplatz unter dem Binsendach, legte ihr Buch vor sich auf den Tisch und suchte den Strand ab. Der war leer, bis auf die Korthum. Offenbar war den italienischen Familien der Himmel zu grau. Die Korthum lag, diesmal ohne Sonnenschirm, auf einem weißen Badelaken. Aus der Entfernung sah sie schmal und braun und jung aus. Später kam sie wie immer unter das Binsendach, um ihr Eis zu essen. Sie wechselte mit dem mürrischen Mann hinter der Strandbar ein paar Worte.

Kann schon sein, daß sie sich hier auskennt, dachte Bella und sah ihr nach, als sie langsam zurück zu ihrem Badelaken ging. Die Haut auf der Rückseite ihrer Oberschenkel hatte ein paar häßliche, kleine Beulen. Ihr Haar war sehr blond und fiel seidig und glänzend auf die Schultern.

Gegen vier Uhr nachmittags trank Bella den ersten Grappa. Es kam ihr so vor, als sei der Mann hinter der Bar freundlicher als an den vorangegangenen Tagen. Aber vielleicht täuschte sie sich. Gegen sieben rutschte die Sonne ins Meer, rot und dunstig. In der untergehenden Sonne leuchtete die Haut der Frau auf dem weißen

Badetuch dunkelbraun. Dann verließ die Korthum den Strand. Bella hatte einen Augenblick den Eindruck, als folge ihr das Rudel Hunde, das gegen Abend von irgendwoher aufgetaucht war. Aber die Korthum verschwand hinter der Hecke des Campingplatzes, und die Hunde lagen jetzt an der Stelle, von der die Frau sich kurz zuvor erhoben hatte. Es schienen fünf Hunde zu sein, aber Bella war nicht sicher, ob sie richtig gezählt hatte. Nach dem vierten Grappa und in der untergehenden Sonne war es nicht so einfach, herumliegendes Treibholz und Hunderücken auseinanderzuhalten.

Bella nahm ihr Buch und ging nachdenklich und leicht betrunken zurück zum Hotel. Verse, die ihr Großvater 1909 über Rußland geschrieben hatte, gingen ihr durch den Kopf, und sie sprach leise vor sich hin:

> Was und wieviel, mein bettelarmes Land,
> bist Du dem Herzen wert?
> Worüber, meine arme Frau, hat Dein Verstand
> sich so in Bitternis verkehrt?

Vor dem Restaurant blieb sie einen Augenblick stehen. Die kleine Frau stand noch immer hinter der Bar. Sie lächelte ihr entgegen. Bella setzte sich, bestellte ein großes Bier und betrachtete die verblichenen und staubigen Auslagen gegenüber. Sie wirkten in der Dämmerung noch unansehnlicher als am Tage. Dann sprang das Neonlicht an, und es kamen die italienischen Familien und begannen ihre abendliche Diskussion über das Essen.

Bella hatte plötzlich den verrückten Gedanken, daß die Zeit unter ihr an den Stuhlbeinen herabfloß und sah auf den Boden. Aber dort lag nichts. Aus dem Dunkel der Buden traten nacheinander die alten Frauen auf die Straße, lächelten Bella leise zu, stellten sich zusammen, die Arme vor der Brust verschränkt und die Füße in ausgetretenen Latschen. Auch die Alte, mit der Bella gesprochen hatte, hatte gelächelt und stand jetzt im Kreis. Ihr Mann schlief wie immer im Korbstuhl neben der Wand. Hin und wieder sah eine der Frauen verstohlen auf die Straße, aber der schwarze Sportwagen kam nicht und auch kein anderes Auto.

Bella blieb sitzen, bis die Frauen mit lautem Krachen die Jalousien herunterließen und der schöne alte Mann die Drahtbügel mit den Badeanzügen abnahm. Dann stand sie auf und ging leicht schwankend und ziemlich zufrieden ins Bett.

Sie erwachte, als es an ihre Tür klopfte. Grappa und Bier waren vielleicht doch nicht die richtige Mischung gewesen. Jedenfalls fühlte sie sich nicht besonders und antwortete nur zögernd. Die Tür ging auf, und der Kellner betrat das Zimmer. Er trug ein Tablett mit Kaffee, einem Hörnchen, Butter und einer Zeitung. Während er das Tablett auf dem Nachtschrank abstellte und zum Fenster ging, sagte er:

Der Zug geht um 14.00 Uhr.

Die Geräusche, die von der Straße heraufkamen, der helle, graue Himmel, der Duft nach Kaffee machten Bella endgültig munter. Der Kellner verließ den Raum, nicht ohne ihr aufmunternd zuzulächeln. Sie lächelte dankbar zurück und griff nach der Zeitung. Sie war so aufgeschlagen, daß ihr Blick sofort auf einen Artikel fiel, der die Überschrift trug:

Neue Opfer im Bandenkrieg?

Sie las, daß in der Nacht von Dienstag auf Mittwoch

zwei junge Männer erschossen worden waren. Touristen aus Bayern, die am Mittwochmorgen die Tempel besichtigen wollten, hatten die Leichen gefunden. Ein Mann aus der Touristengruppe hatte einen Schreikrampf bekommen und war ins Krankenhaus nach Salerno gebracht worden. Die Polizei vermutete in den Toten Angehörige der Camorra, die von der Konkurrenz in einen Hinterhalt gelockt worden waren. Die Vermutungen wurden dadurch erhärtet, daß neben den Toten in einer Jacke eine Lupara gefunden worden war. Um die Untersuchungen nicht zu gefährden, war das Tempelfeld für zwei Tage gesperrt worden. Der Artikel schloß mit der Feststellung, daß damit seit Beginn des Jahres siebenundzwanzig Männer in Campanien bei Bandenkriegen ihr Leben gelassen hätten. Es klang so, als wollte der Schreiber den Eindruck vermitteln, die Männer seien fürs Vaterland gestorben.

Leider, dachte Bella, sind die Chancen, daß sie sich gegenseitig ausrotten, in Wirklichkeit äußerst gering.

Trotzdem kam ihr der Tod der beiden nicht mehr ganz so sinnlos vor, besonders, als sie daran dachte, wie friedlich der Abend auf der Straße vor dem Hotel gewesen war.

Wenig später ging sie, noch kühl vom Duschen, luftig gekleidet und nur mit einer Umhängetasche, in der sie Zahnbürste, Beretta und Slip verstaut hatte, in Richtung Bahnhof. Sie fühlte sich ausgeruht und unternehmungslustig und lächelte den Büffeln zu, die schwarz, träge und wunderschön neben der Straße lagen und leise schnaubten. Das große Ruinenfeld, an dem sie vorüberkam, lag menschenleer unter dem grauen Himmel.

Auf dem Bahnsteig war keine Menschenseele zu sehen. Die Pflanzen auf den Beeten, die der Anlage vielleicht im Frühling ein gepflegtes Aussehen gegeben hatten, waren vertrocknet. Obwohl die Sonne noch immer nicht zu sehen war, überzog helles Licht die zwei Bahnsteige, den Kies, die ausgetrockneten Beete, ja, selbst die Schienen mit einem weißlichen Farbton, vor dem Bella die Augen zusammenkniff. Alles Leben hatte sich vor diesem gräßlichen weißen Licht verkrochen.

Nach einer Weile hörte sie vor dem Bahnhof einen Wagen anhalten. Sie wußte, daß jetzt die Korthum gekommen war. Wenig später senkten sich die klapprigen Schranken, und der Zug lief ein. Er war fast leer. Die Korthum und sie waren die einzigen, die einstiegen. Bella suchte sich ein Abteil, in dem sie allein war, legte die Beine auf den Sitz gegenüber und schlief schon, als der Zug noch kaum den Bahnsteig verlassen hatte. Sie schlief ungestört bis kurz vor Neapel.

Die Stadt brüllte sie an. Und durch die Brandung von Geräuschen und Gestank folgte sie der Korthum, vor der sich die Brandung teilte, wie ehemals vor dem Volk Abrahams das Rote Meer. Sicher, kühl, unberührbar durchschritt sie das Gewühl, betrat eines der schäbigen Hotels in der Nähe des Bahnhofs, mietete zwei Zimmer und stieg die enge Treppe empor, so, als besuche sie täglich Absteigen.

Bella bekam ebenfalls ein Zimmer, himmelblau und weiß dekoriert und trotz der geschlossenen Fensterläden so heiß, daß sie sofort wieder daraus flüchtete. Sie setzte sich in das kleine, zur Straße hin offene Restaurant des Hotels, bestellte eine Flasche Rotwein und betrachtete das Leben auf der Straße. Neapel stank in der Hitze nach gärendem Müll, nach Kadavern, nach billigem Wein; und in den Gestank eingehüllt kam eine Erinnerung angekrochen, der sie gern ausgewichen wäre.

Die Sonne ging unter. Die Stadt war eine Weile dunkelrot. Sie kannte dieses Licht, und sie wollte noch immer sehr, daß es verschwand. Es war das gleiche dunkelrote Licht, das jeden Abend vor den schwarzen Perlenschnüren des Eingangs zu ihrem Zimmer gelauert hatte und gegen das sich ein großer Soldat abhob, wenn er die Perlenschnüre beiseite schob.

Vor dem Restaurant saß eine Frau auf einem Blechhocker neben dem Laternenpfahl. Vor sich auf einem winzigen Tisch hatte sie vier Schachteln Zigaretten ausgelegt. Sie wartete auf Käufer. Die Frau war sehr viel älter, als Bellas Mutter damals gewesen war. Sie war auch schlechter gekleidet. An den dünnen Beinen steckten weite Lederschuhe, und von dem schwarzen, grünlich schimmernden Kleid war der Saum abgerissen und nur sehr vorläufig wieder angenäht worden.

Der Rotwein war zu schwer. Nach dem dritten Glas war Bella sicher, die Frau zu kennen.

Und dann saß sie wieder in dem fensterlosen Zimmer hinter dem eisernen Bettgestell und sah und hörte ihre Mutter und die Frau aus dem Nachbarzimmer. Und die Frau hatte den Rock hochgehoben und in der Hand ein Stück blondes Haar mit zwei Bändern. Das hielt sie sich vor den nackten Bauch. Und ihre Mutter sagte, sie müssen mich schon nehmen, wie ich bin. Und die Frau von nebenan sagte, Blonde bekommen mehr Schokolade und manchmal auch Kaffee. Und das Licht, das durch den Vorhang von der Straße ins Zimmer drang, war dunkelrot. Und es stank im Zimmer nach Schweiß und irgend etwas anderem, das Bella bei sich »totes Tier« nannte. Aber es war keins da, sie hatte alles durchsucht.

Die Korthum kam die Treppe herunter. Sie betrat die Straße und ging über den Platz vor dem Hotel. Sie ging zum Bahnhof. Es war kurz nach Mitternacht, als sie zurückkam. Sie war nicht allein. An ihrer Seite ging, blaue Seide, grüne Schuhe, braune Haut, Platinkette, Karen Arnold. Bella kam das völlig logisch vor. Die Frauen betraten das Restaurant, das jetzt nicht mehr leer war. Sie fanden einen Platz in der äußersten Ecke. Bella konnte sie in einem Spiegel beobachten. Sie saßen eine Weile schweigend nebeneinander, bestellten ein Getränk, das wie Whiskey aussah, und dann begann die Korthum zu sprechen. Sie redete ziemlich lange, und Bella beobachtete das Gesicht von Karen Arnold, das anfangs abweisend, später interessiert aussah. Sie hätte gern gewußt, worüber die Korthum sprach. Jedenfalls gelang es ihr, die andere zu beeindrucken, das war offensichtlich. Nach dem zweiten Whiskey standen die Frauen auf und gingen. Bella kam es vor, als hätte die Korthum leise gelächelt, während sie an ihr vorüberging. Aber sie war nicht sicher, so, wie sie überhaupt nicht mehr viel für ihre Wahrnehmungsfähigkeit gegeben hätte. Denn nach dem fünften Glas Rotwein war es ihr auch so vorgekommen, als hätte die Frau auf dem Blechhocker ihr zugelächelt, den zahnlosen Mund weit geöffnet.

Es fiel ihr ein, daß sie vor die Tür gehen und die Zigarettenschachteln kaufen könnte, obwohl sie nicht rauchte. Sie stand auf und drängte sich durch das vollbesetzte Restaurant. Die Frau saß nicht mehr auf der Straße. An der Stelle, an der sie ihren Verkaufsstand gehabt hatte, saß ein Mann auf einem Holzbrett, unter dem Räder befestigt waren. Er hatte die Hosenbeine über den Oberschenkelstümpfen hochgeschlagen. Mit dem Rücken lehnte er am Laternenpfahl. Er schlief.

Bella ging an ihm vorbei. Es kam ihr vor, als sei der Lärm jetzt auf dem Höhepunkt. Hunderte von Kofferradios plärrten auf Verkaufstischen, an denen neben dem Bürgersteig Elektroartikel, billiger Schmuck, Tücher und Sonnenbrillen zum Verkauf angeboten wurden. Sie dachte darüber nach, wo und wann alle diese armseligen Händler schlafen würden, und ging weiter, durch ein paar dunkle, schmale Gassen. Zwischen den einander gegenüber liegenden Häusern waren Transparente gespannt, die den Fußballer Maradonna anhimmelten. Zehntausend Neapolitaner ließen inzwischen das Geld für ihre Fußballkarte regelmäßig vom Lohnkonto abbuchen. In einigen Haustüren standen Mädchen, die versuchten, das Haushaltsgeld wieder aufzubessern, indem sie ihren Körper anboten. Bella brannten plötzlich die Augen. Sie hatte keine Lust mehr, das Elend länger zu betrachten, und ging ins Hotel zurück, vorbei an inzwischen leergeräumten Verkaufsständen und in ihr Zimmer. In der Dusche, die kein Fenster hatte, war es heiß und feucht wie in einem Tropenhaus. Gleichzeitig mit dem Lichtschalter sprang ein sehr lauter Ventilator an. Sie zog sich aus, stellte das Wasser an und setzte sich auf den Boden der Dusche. Der Lärm der Straße drang nur gedämpft herein und mischte sich mit dem Summen des Ventilators und dem Rauschen des Wassers zu einem eintönigen Brummen. Niemand würde hören, daß sie heulte.

Später lag sie im Bett und versuchte vergeblich einzuschlafen. Es war immer noch zu warm und zu laut.

Gegen Morgen öffnete sie das Fenster. Irgendwo ging die Sonne auf und färbte die leeren Tische und parkenden Wagen mit bläulichem Rosa, verschwand aber ziemlich bald hinter grau-weißen Wolken. Eine halbe Stunde war der neue Tag frisch gewesen, und wieder fielen Lärm, Hitze und Gestank über die Stadt her.

Bella ging hinunter ins Restaurant. Ein verschlafener Junge brachte ihr Kaffee und Mineralwasser. Sie setzte sich und beobachtete, wie auf dem Bürgersteig vor dem Restaurant nach und nach die Händler ihre Tische wieder bepackten. Der Mann auf dem fahrenden Brett war verschwunden. Dort, wo die alte Frau gesessen hatte, saß ein kleiner Junge und bot Zigaretten an. Bella zählte fünf Schachteln. Der Junge hatte einen kahlgeschorenen Kopf. Über dem linken Ohr und oben auf dem Kopf verunstalteten schlecht verheilte Narben die Kopfhaut. Hin und wieder blieben an seinem Tisch andere Kinder stehen, wechselten ein paar Worte mit ihm und gingen weiter, unterwegs in eigenen Geschäften.

Gegen zehn Uhr kam die Korthum die Treppe herunter. Sie ging direkt auf den Tisch zu, an dem Bella saß, und blieb davor stehen.

So viel kann er dir gar nicht zahlen, wie du brauchst, um dein Gesicht wieder herrichten zu lassen, wenn du nicht bald verschwindest, sagte sie leise und wütend.

Bella sah sie an und schwieg. Im Spiegel an der gegenüberliegenden Wand erschienen die seidenen Hosenbeine von Karen Arnold, die langsam die Treppe herunterkam. Die Korthum wandte sich ab und ging zur Rezeption. Ihr Gang war steif vor Wut. Bella beobachtete die beiden Frauen, die ihre Rechnung zahlten. Sie sahen übernächtigt aus. Entweder hatten sie ihr Gespräch im Zimmer fortgesetzt, oder der Lärm und die Hitze hatten sie ebenfalls nicht schlafen lassen. Gemeinsam verließen sie das Hotel und gingen hinüber zum Bahnhof. Bella dachte mit Schaudern an die Rückfahrt in dem kochend heißen Zug, aber es blieb ihr nichts anderes übrig, als ebenfalls zu zahlen.

Auf dem Bahnhof saß die Korthum. Sie war allein. Ein Blick auf den Fahrplan bestätigte Bellas Vermutung. Der einzige Zug nach Rom mit Anschluß in Richtung Norden war gerade abgefahren.

Bella beschloß, vor der Zugfahrt keinen Schnaps zu trinken. Sie hatte die Absicht, diesmal das Taxi für sich zu ergattern, und dazu brauchte sie Geistesgegenwart. Unterwegs versuchte sie sich darüber klarzuwerden, was das Treffen der beiden Frauen bedeuten konnte. Sicher war, daß die Korthum sich nicht zum ersten Mal hier unten aufhielt. Vielleicht machte sie eine Art Erinnerungstour? Besonders sentimental sah sie dabei allerdings nicht aus. Und weshalb war Korthum so mißtrauisch, daß er Bella mit ihrer Bewachung beauftragte? Was konnte sie hier unten tun, das ihn so sehr beunruhigte? Daß sie nicht wegen eines Liebhabers hierher gekommen war, hatte Bella sehr schnell begriffen. Und sie nahm an, daß auch er das wußte. Auf jeden Fall aber konnte es ihm nicht recht sein, daß sich die beiden Frauen getroffen hatten. Bella sah Karen Arnold selbstbewußt und Wodka trinkend vor sich am Schreibtisch sitzen. Irgend etwas an ihr war nicht echt gewesen, trotz der teuren Aufmachung und des zur Schau getragenen Selbstbewußtseins. Und immerhin hatte sie versucht, Bella für einen Mord anzuheuern. Ihr Foto war ebenfalls in Korthums Brieftasche gewesen. Konnte es sein, daß die beiden Frauen gemeinsam versuchten, ihn in dem Geschäft auszubooten? Bella dachte daran, daß Karen Arnold nicht nur nach Blankenese geduftet hatte.

Es gelang ihr tatsächlich, das Taxi als erste zu erwischen. Während sie den Fahrtwind genoß, beschloß sie, am nächsten Tag zurückzufahren. Sie hatte keine Lust mehr, auf etwas zu warten, das doch nicht geschah. Sie hatte auch keine Lust mehr, an einer Geschichte beteiligt zu sein, in der sie ihre Sympathien nur zwischen Skylla und Charybdis verteilen konnte.

Als sie aus dem Taxi stieg, änderte sie ihre Meinung. Vor dem Hotel stand ein brauner Jaguar mit Hamburger Kennzeichen. Die Scheiben waren versenkt. Hinter dem Steuer lag ein Mann und schlief. Sein Kopf lag auf der Rückenlehne, der Mund stand halb offen.

Die linke Hand hing aus dem geöffneten Fenster. Bella hatte sie schon gesehen. Da hatte sie auf ihrem Schreibtisch gelegen. Unter dem Lichtkegel der Schreibtischlampe war sie nicht weniger häßlich gewesen als jetzt.

Am Schlüsselbrett in der Rezeption fehlte ein zweiter Schlüssel. Der Mann aus dem Jaguar war in seinem Zimmer. Bella stellte fest, daß das Zimmer neben ihrem lag. Sie zog sich um und ging wieder hinunter. Der Kerl im Auto schlief noch immer. Sie kaufte bei der Alten eine Badematte und ging zum Strand. Unterwegs ging sie an drei großen Mülleimern vorbei, die über und über mit Katzen behängt waren. Bei Tageslicht waren die Katzen mager, triefäugig, und die Farben der Felle variierten zwischen grau, rosa und gelb. Sie hütete sich, zu dicht an den Mülltonnen vorbeizugehen. Als sie den Strand erreicht hatte, sah sie sich um.

Vor dem Tor des Campingplatzes hielt das Taxi. Bella legte ihr Buch auf einen der Tische unter dem Binsendach und ging zum Wasser. Sie hatte das Bedürfnis, den Anblick der halbverhungerten Katzen, den Anblick des Kerls hinter dem Steuer und das ganze verdammte Neapel abzuwaschen. Unterwegs kam sie an einem im Sand stehengebliebenen Rest Wassers vorbei. Kleine dunkle Fische schwammen darin herum.

Bella blieb eine Stunde im Wasser. Sie schwamm weit hinaus, und als sie zurückkam, lag die Korthum wie immer auf ihrem Platz. Sie und die Frau waren allein am Strand außer einem Rudel Hunde, das sie umkreiste, als sie aus dem Wasser stieg. Bella fand die Hunde unappetitlich und scheuchte sie weg. Sie reagierten nicht sofort und liefen erst weg, als ein großer, gelbgrauer Köter, eine Mischung aus Boxer, Schnauzer und Schäferhund, die Lefzen hochzog, sich umdrehte und loslief. Es sah aus, als hätte er gegrinst. Ziemlich ungemütlich gegrinst, fand Bella.

Sie nahm das Buch und versuchte zu lesen. Es ging nicht. Sie hätte zu gern gewußt, was der braune Jaguar hier zu suchen hatte. Also stand sie auf, um zurückzugehen. Unterwegs kam ihr eine der italienischen Familien entgegen; Vater, Mutter, Kinder und zwei Großmütter. Die Gruppe ging schweigend und in sich geschlossen an ihr vorbei. Einen Augenblick lang hatte sie die Vision einer Familie, die seit zweihundert Jahren immer in der gleichen Besetzung, aber mit den Jahrhunderten angepaßten, wechselnden Utensilien, in ständig derselben Schlachtordnung nachmittags zum Meer zog. Jetzt war die Zeit der Kühltaschen und Campingstühle, früher wurden Weidenkörbe und Strohmatten getragen. Aber immer ging der Vater voran, in der linken Hand ein Zeichen seiner besonderen Weisheit (jetzt eine Zeitung), die rechte über die Augen gebreitet und aufs Meer sehend. Hinter ihm, zwei Schritte zurück, die Mutter, dick und vorschnell gealtert, bepackt mit Essen (diese hatte sogar Klopapier dabei), danach die Kinder, die Jungen hüpfend, die Mädchen brav sich an den Händen haltend, am Schluß die Großmütter, schwarz bekleidet, hinfällig und böse, weil sie bald sterben würden, ohne gelebt zu haben.

Sie blieb stehen, um der Gruppe einen Augenblick nachzusehen.

> Lobet den Herrn, das schlechte Gedächtnis des Himmels
> Und daß er nicht
> Weiß euren Nam' noch Gesicht
> Niemand weiß, daß ihr noch da seid.

Der Text verbesserte ihre Stimmung nicht. Sie kam wieder an der winzigen Lagune vorbei. Die dunklen, kleinen Fische waren gewachsen und schwammen unruhig und zitternd hin und her. Erst als sie stehengeblieben war und eine Weile auf das Wasser gestarrt hatte, stellte sie fest, daß sie nicht Fische sah, sondern Schatten. An der Oberfläche des Wassers schwammen silbrige, fast unsichtbare Fischchen. In der untergehenden Sonne vergrößerten sich die Schatten der unsichtbaren Fische auf dem Grund des Wassers.

Der Wagen vor dem Hotel war verschwunden. Der fehlende Zimmerschlüssel hing wieder an seinem Platz. In dem Fach mit ihrer Zimmernummer fand sie einen Zettel. Sie nahm ihn heraus und las: *Halten Sie sich bereit, ich möchte Sie sprechen. P. K.* Bella sah sich nach dem Kellner um, konnte ihn aber nirgends entdekken. In ihrem Zimmer legte sie sich aufs Bett, das einzige, was man ihrer Meinung nach in bestimmten Hotelzimmern machen konnte, und starrte Löcher in die Luft. Schlafen konnte sie nicht.

Später am Abend ging sie zum Essen ins Restaurant. Der Schlüssel hing immer noch da, der Wagen war noch nicht wieder zurückgekommen. Der leichte Wind beschäftigte sich diesmal nicht mit einer schmutzigen Zeitung, sondern mit zwei zerrissenen Plastiktüten. Sie setzte sich an ihren Tisch. Der Kellner kam, sie lächelte ihn freundlich an und bestellte einen Orangensaft. Nach einer Weile traten die dünne Frau und das Mädchen aus dem grün gekachelten, leeren Fischladen ein. Das rosa Tüllkleid war nicht mehr ganz so frisch wie am ersten Tag. Die Mutter trug schwarz-rote Strumpfhosen ohne Füße und ein ärmelloses rotes T-Shirt.

Die Zigaretten hatte sie in einer großen schwarzen Umhängetasche versenkt. Es dauerte eine ganze Zeit, bis sie sie hervorgekramt und neben sich auf den Tisch gelegt hatte. Aus der Gruppe der Frauen auf der Straße rief jemand ein paar Worte zu ihr herüber. Sie antwortete mit einer vagen Handbewegung. Rosa-Baby aß nacheinander zwei große Portionen Spaghetti, die Mutter trank ein Glas Rotwein und rauchte.

Bella hörte die Frauen lachen. Auch die Alte von gegenüber lachte. Als die erste Großfamilie auftauchte, gab es einen fröhlichen Wortwechsel.

Bella ließ sich Zeit mit dem Essen, das schlecht war wie immer. Der Kellner hatte entschuldigend etwas davon gemurmelt, daß die Saison vorüber sei, aber sie glaubte nicht, daß das Essen in der Hauptsaison besser war. Vielleicht gab's ein Gericht mehr auf der Speisekarte. Aber die Familien, die hier Urlaub machten, waren mit dem zufrieden, was ihnen vorgesetzt wurde.

Sie hatte gegessen und war beim Kaffee angelangt, als die erste Metalljalousie mit einem Knall auf dem Boden landete. Die Familien, Mutter und Kind und die Frauenrunde auf der Straße waren verschwunden. Auch die übrigen Jalousien knallten herunter. Zuletzt, wie immer, erhob sich der Alte aus dem Korbsessel und begann, die Badeanzüge abzuhängen. Dann krachte die letzte Jalousie, und er verschwand hinter der Bude. Die Straße lag leer und ruhig da.

Ein paar bunte Glühbirnen baumelten sanft an Ketten hin und her. Der Abend war zu Ende.

Die Korthum war nicht zum Essen erschienen.

Der braune Jaguar war nicht wieder vorgefahren.

Aus ein paar Metern Entfernung war lautes Fauchen zu hören. Die Stunde der Katzen begann. Vielleicht sollte sie dabei sein.

Bella ging zurück ins Hotelzimmer. Sie steckte die Beretta in die Jackentasche und verließ das Zimmer. Die Tür schloß sie nicht hinter sich ab. Die Straße und das Restaurant waren immer noch leer. An dem Tisch, an dem sie gesessen hatte, saß der Kellner und rauchte.

Im Vorbeigehen sagte sie: Bis nachher, und er antwortete: Bis nachher.

Er sah ihr nach, bis sie im Dunkeln verschwunden war. Bella ging in der Mitte der Straße. Es war sehr dunkel, und sie wollte verhindern, aus Versehen an einen der mit Katzen gefüllten Mülleimer zu stoßen. Das Tor des Campingplatzes war nur angelehnt. Sie zögerte einen Moment, bevor sie es öffnete. Würden die Hunde ruhig bleiben? Sie hätte eine Taschenlampe gebraucht und ärgerte sich, daß sie nicht daran gedacht hatte, eine zu kaufen.

Die unbewohnten Campingwagen standen wie sonst,

klobigen schwarzen Rechtecken gleich, in der Dunkelheit. Auch in dem niedrigen Steinhaus war es dunkel und ruhig. Bella hatte erwartet, im letzten Campingwagen Licht zu sehen, aber der Wagen unterschied sich nicht von den anderen. Sie trat näher, ohne ein Geräusch zu verursachen, und sah durch die Scheibe. Es war nicht möglich, etwas im Wagen zu erkennen. Sie ging zwei Schritte weiter und drückte vorsichtig auf die Klinke der Tür. Die Tür war nicht abgeschlossen. Bella wartete einen Augenblick. Im Wagen blieb alles ruhig. Behutsam öffnete sie die Tür so weit, daß sie eintreten konnte.

Der Wagen war leer.

Bella war enttäuscht und wußte nicht genau, weshalb. Sie schloß sorgfältig hinter sich wieder die Tür und wandte sich um. Wenn sie sich etwas schneller dabei bewegt hätte, wäre es ihr vielleicht möglich gewesen, den Arm genauer zu erkennen, der neben ihr ausgeholt hatte. So sah sie nur einen kurzen schwarzen Schatten, fühlte einen schmerzhaften Schlag über dem rechten Ohr und daß sie langsam in die Knie ging, bevor sie den Boden berührte. Dann spürte sie nichts mehr.

Irgendwann, sie hatte das Gefühl, in tiefer Finsternis zu liegen, spürte sie etwas Weiches auf ihrem Gesicht.

Nein, nicht, dachte sie hilflos.

Im Unterbewußtsein fühlte sie die Zitzen der trächtigen Hündin, die sich an ihr zu schaffen machte. Aber sie war unfähig, sich zu rühren oder die Augen zu öffnen.

Dann erwachte sie. Es war immer noch nicht hell, aber am Himmel zeigte sich ein Streifen von reinem

Türkis. Neben ihr kniete der Kellner und versuchte, seinen Arm unter ihre Schultern zu schieben. Mit seiner Hilfe richtete sie sich mühsam auf. Er sah sie mitleidig an und half ihr endgültig auf die Füße.

Sie ist weg, was?

Scheint so, antwortete Bella mühsam.

Ihr war übel, und sie schwankte. Der Kellner legte seinen Arm um ihre Hüfte und ging langsam mit ihr zum Hotel zurück. Auf der Straße waren weder Hunde noch Katzen noch Menschen zu sehen. Wahrscheinlich schliefen sie alle. Als sie das Hotel erreichten, war das Türkis am Himmel verschwunden. Die Sonne war aufgegangen und versorgte den Himmel mit einer Portion Schmutziggold, die zur Herstellung sämtlicher Rauschgoldengel der Welt ausgereicht hätte. Der Kellner brachte sie die Treppe hinauf und half ihr, sich aufs Bett zu legen. Er verschwand einen Augenblick, kam mit einem Glas Wasser und einem großen Glas Grappa zurück und setzte sich neben sie auf die Bettkante. Bella sah ihm zu, wie er eine große, weiße Tablette in das Wasserglas warf. Er gab ihr das aufgelöste Kopfschmerzmittel zu trinken, holte ein feuchtes Handtuch, das er über ihren Kopf legte, so, daß sie gerade noch darunter hervorsehen konnte, und deckte sie zu. Bellas Augen blickten begehrlich nach dem Schnaps auf dem Nachttisch. Er gab ihn ihr und schob ihr ein Kissen in den Rücken.

Sie trank. Aufatmend ließ sie sich zurückfallen. Jetzt ging's ihr besser. Dann verzog sie noch einmal das Gesicht, als ihr einfiel, wie die Hündin sich an ihr zu schaffen gemacht hatte. Der Kellner, der sie beobachtete, sagte: Sie sind ein bißchen zu früh hier. Wenn die Touristen weg sind, werden die Hunde erschossen. Die meisten jedenfalls. Besser, als wenn sie verhungern.

Bella mußte ihm zustimmen. Aber der Gedanke an Männer, die mit Gewehren bewaffnet im Morgennebel auszogen, um streunende Hunde zu erschießen, war ihr widerlich.

Der Mann im Jaguar war ihr Mann. Ist er auch weg?

Ja, sagte er. Früher sind sie jedes Jahr hier gewesen. Am Anfang haben sie auf dem Campingplatz gewohnt. Der war damals noch kleiner, sechs oder sieben Wagen. Sie haben immer denselben Wagen gehabt, den, den Sie auch kennen. Man konnte zusehen, wie es ihnen besserging. Zuerst wurde das Auto größer. Später trugen sie teure Sachen, dann hatten sie eine Kamera. Und so ging's weiter. Schließlich zogen sie ins Hotel. Er war ein bißchen komisch, glaube ich. Ich hab' ihn mal beobachtet. Er hat geglaubt, er sei allein im Zimmer, ich war aber im Bad, um Gläser wegzuräumen. Da hat er die Handschuhe seiner Frau angezogen, lange schwarze. Und dann hat er in ihren Sachen gewühlt. Er hat sich mächtig aufgeregt dabei. Und sie hatte immer hohe Stiefel im Schrank, aber auf der Straße hab' ich sie nie damit gesehen. Später haben sie dann immer zwei Zimmer im Hotel gehabt. Da muß es ihnen schon sehr gut gegangen sein. Sie haben kaum noch miteinander gesprochen. Und er sah sich nach den jungen Mädchen bei uns um.

Er machte eine Pause und sah auf die Wand über dem Kopfende des Bettes.

Hier bei uns ist für junge Mädchen nichts los. Arbeit haben sie nicht. Hängen den ganzen Tag vor dem Fernseher rum und sehen sich aufgetakelte Disco-Weiber an. In Salerno sind vor einiger Zeit zwölf Arbeitsplätze ausgeschrieben worden von der Stadtverwaltung. Da sind 16000 Bewerber gekommen. Sie haben sie im Fußballstadion geprüft.

Nach einer Pause sagte er bitter: Sie waren doch in Neapel, da werden Sie's ja gemerkt haben. Neapel stinkt. Früher hat's nur nicht so gut funktioniert mit der Müllabfuhr. Heute ist es so, daß ein Drittel der Müllmänner einfach nicht zur Arbeit kommt. Aber nicht, weil sie faul sind. Nein, die werden so schlecht bezahlt, daß sie noch woanders arbeiten müssen, um ihre Familien durchzubringen. Assenteismo nennt man das. Und die Stadt erstickt im Müll. Die Leute bauen jetzt Barrikaden aus Protest, weil es zu wenig Trinkwasser gibt. Da nehmen sie dann den Müll dazu und stecken ihn an, wenn die Polizei kommt. Aber außer Gestank hat's noch nichts gebracht. Die neue Rohrleitung aus den Abruzzen wird nicht fertig. Es wollen zu viele daran verdienen.

Er hielt wieder einen Augenblick inne. Vor ihm auf dem Fußboden lag die Zeitung mit dem Artikel über den Bandenkrieg im Tempel. Er nahm sie auf und legte sie auf den Nachttisch.

Ja, die... sagte er versonnen. Das sind die einzigen,

die hier Geld verdienen. Die verdienen an allem, Hundekämpfe oder Schutzgeld, ihnen ist das egal. Selbst als die Amerikaner hier gelandet sind, haben die daran verdient. Und ihre internationalen Verbindungen werden auch immer besser. Der Kleinen haben sie bloß den Finger abgeschnitten und ein bißchen an ihr rumgespielt. Vielleicht hat sie noch Glück gehabt. Ihrem Bruder haben sie einen Arm abgehackt. Er ist am Strand verblutet. Seitdem schläft der Alte. Ist auch besser so.

Aber der Hamburger, sagte Bella vorsichtig. Sie kannte die Methoden der Camorra und auch Neapel, aber sie wollte den Kellner nicht unterbrechen.

Ja, der Hamburger. Er hatte seine Alte satt. Was weiß ich, weshalb er immer noch mit ihr gekommen ist. Die Mädchen haben sich gefreut, wenn er kam. Er war großzügig. Hier mal ein Kettchen, da mal ein Armband. Und das Gerede von der großen, weiten Welt. Ein paar haben sich nicht damit zufriedengegeben, hier mit ihm rumzupoussieren. Aber so einfach ist das nicht. Die Eltern hier sind streng. Ich weiß nicht genau, wie sie es gemacht haben. Er hat öfter mit diesen Kerlen zusammengehockt. Die kommen hier weit rum an der Küste. Sie werden ihm schon die Schönsten zugetrieben haben. Zurückgekommen ist keine, hätte sich hier wohl auch nicht mehr sehen lassen können, freiwillig gegangen oder nicht. Er machte eine Pause. Dann hob er die Stimme: Niemand ist schuld daran, daß er als Sklave geboren wurde, aber ein Sklave, dem nicht nur alle Freiheitsbestrebungen fremd sind, sondern der seine Sklaverei auch noch rechtfertigt und beschönigt – ein solcher Sklave ist ein Lump und ein Schuft, der ein berechtigtes Gefühl der Empörung, der Verachtung und des Ekels hervorruft. Lenin.

Seine Stimme war feierlich geworden.

Ist doch wahr, sagte er dann entschuldigend. Ich finde, Frauen dürfen sich nicht auf so was einlassen.

Bella lächelte ihm zu.

Mutter, dachte sie, alle Italiener sind gleich, aber dieser ist unvergleichlich. Er hat sogar Lenin im Kopf.

Und seine Frau? fragte sie leise.

Die? Die hat alles gewußt, sagte er böse. Sie hat's ja mit angesehen. Ich will Ihnen was sagen: Die Frau ist kalt wie Eis. Früher hat sie bei der Alten gekauft. In diesem Sommer hat sie den Laden noch nicht einmal betreten. Es würde mich nicht wundern, wenn sie genauso in dem Geschäft drinsteckt wie er. Die taugt nicht, wiederholte er.

Bella, den Gedanken verdrängend, daß vielleicht die Camorra damals ihrer Mutter die amerikanischen Freier zugetrieben haben könnte, begann darüber nachzudenken, ob sich aus dem, was sie gehört hatte, eine Erklärung für ihren Auftrag ergab.

Korthum wollte seine Frau billig loswerden, das war denkbar. Er hatte genug von ständig wechselnden Liebschaften. Er wollte seine junge Freundin heiraten. Wenn seine Frau bei seinen dreckigen Geschäften eine Rolle gespielt hatte, weshalb sollte er seine Freundin nicht ebenfalls eingeweiht haben.

Seiner Frau traute er nicht. Kein Wunder, so, wie Bella sie kennengelernt hatte, war sie eine Frau, die sich nicht so leicht ausbooten ließ. Vielleicht war sie der Meinung, sie könne die Geschäfte mit der Camorra ebenso gut abwickeln wie er. Vielleicht mit der jungen gemeinsam. Sehr beliebt war Korthum jedenfalls nicht bei seiner Freundin. War er deshalb hierhergekommen? Oder hatte ihn der Tod der beiden Geldeintreiber aufgescheucht? Wer konnte ihn benachrichtigt haben? Oder brauchte er die Mädchen, die ihm die Kerle zugetrieben hatten, zu seinem Privatvergnügen, und die ganze Geschichte existierte nur in ihrer Phantasie? Aber da war der Kerl, der versucht hatte die Fotos von ihr zurückzuholen. Der existierte wirklich.

Bella lächelte böse vor sich hin.

So war das also. Sie hatte sich von einem Blankeneser Bordellbesitzer anheuern lassen, der mit ihrer Hilfe seine abgelegte Ehefrau überwachen ließ, damit sie ihm nicht sein schmutziges Geschäft verdarb.

Der Kellner hatte sie aufmerksam beobachtet. Jetzt bat Bella ihn um Kaffee und etwas zu essen. Er stand auf und öffnete die Fensterläden. Die Sonne schien auf das Bett, und der Himmel war blau.

Es ist noch früh, sagte er und lächelte auf sie herab.

Er ist eine Ausnahme, dachte Bella. Und ich kann so gut ein bißchen Trost gebrauchen.

Sie lächelte zurück. Sanft nahm er das feuchte Tuch von ihrer Stirn und schlug die Bettdecke auf.

Ich heiße Paolo, sagte er und sah sie bewundernd an.

Bella erwachte vom Duft einer wunderbaren Fischsuppe. Neben ihrem Bett stand Paolo, korrekt gekleidet, eine weiße Serviette über dem Arm und ein Tablett in den Händen.

Du bist der einzige Gast, sagte er. Ich habe viel Zeit.

Er sah freundlich auf sie hinunter, aber seine Augen waren nicht bei der Sache.

Sie hatte von einem Polizeiwagen geträumt, der mit eingeschaltetem Blaulicht neben dem Zug hergefahren war, eine Art Wettrennen, aber dann war sie aufgewacht. Irgend etwas war geschehen.

Was ist los, Paolo? fragte sie.

Iß ruhig erst mal, antwortete er.

Bella blickte ihn an. Er stellte das Tablett auf den Tisch neben ihrem Bett und sah aus dem Fenster. Draußen begann es dunkel zu werden. Sie hatte den ganzen Tag geschlafen. Er setzte sich zu ihr auf die Bettkante.

Sie sind wieder da.

Wer? Nun red schon.

Die Eintreiber, sagte er. Wieder zwei. Sie haben sich eben vorgestellt.

Bella war darüber nicht verwundert. Hatte er wirklich geglaubt, daß sie die Kerle ein für allemal loswaren?

Ist sie wieder aufgetaucht? fragte sie ihn anstatt einer Antwort. Paolo schüttelte den Kopf.

Weder sie noch er, noch der Wagen.

Bitte, Paolo, laß mich allein.

Als er gegangen war, aß sie ein wenig von der Fischsuppe. Dann ging sie ins Bad, um die Beule hinter ihrem Ohr genauer zu betrachten. Aber die war fast nicht mehr zu sehen und tat auch nicht mehr sehr weh. Sie nahm ein Bad, zog sich an und ging nach unten. Sie ging direkt zum Campingplatz.

Vor dem Steinhaus saß die schwangere Frau auf einer Bank und fädelte spitze, rote Paprikaschoten auf. Sie sah Bella entgegen. Als Bella sie nach der Frau fragte, die im letzten Campingwagen gewohnt hatte, gab sie bereitwillig Auskunft. Ja, die Frau war abgereist. Schon gestern. Sie hatte alles bezahlt, die ganzen vierzehn Tage. Mit einem braunen Auto. Und einem Mann. Ja, Bella konnte gern den Campingwagen von innen ansehen. Sie hatte schon saubergemacht.

Bella ging um den Wagen. Zwei Hunde zottelten hinter ihr her. Die Hündin mit dem Riesengesäuge war nicht dabei. Wahrscheinlich waren die Jungen inzwischen da.

Im Wagen erinnerte nichts daran, daß hier bis gestern jemand gewohnt hatte. Nicht mal ein Hauch Parfüm war zu spüren. Die Frau hatte wirklich sorgfältig saubergemacht.

Bella ging zurück zum Hotel. Sie nahm den Weg am Strand entlang.

Niemand war am Strand. Ein paar angeschwemmte Bretter lagen herum. Nicht einmal die Hunde waren zu sehen.

Im Hotel packte sie ihre Reisetasche. Den schmalen Band mit Liebesgedichten von Ungaretti ließ sie auf dem Bett liegen. An der Rezeption zahlte sie ihre Rechnung und ließ das Taxi rufen. Es dauerte nur kurze Zeit, bis der Wagen kam. Paolo sah sie nicht. Vielleicht war er in der Küche.

Nach Neapel, sagte sie, zum Flughafen.

Der Flughafen war zu erreichen, ohne daß sie durch die Stadt fahren mußten. Aus einer Telefonzelle im Flughafengebäude versuchte sie ein paarmal, Carlos zu sprechen, aber in ihrem Haus nahm niemand den Hörer ab.

Dann stand sie hinter den Scheiben des Flughafenrestaurants und sah noch einmal den dunkelroten Nachthimmel über Neapel. Sie suchte nach einer positiven Erinnerung an diese Stadt. Sie fand keine.

Von Neapel war sie mit ihrer Mutter in den östlichen Teil Deutschlands gegangen.

Du wirst sehen, Bella, dort sind wir der Revolution näher als irgendwo anders, hatte sie gesagt. Bella lächelte ein bißchen melancholisch. Langsam hatte sie Neapel vergessen, den Hunger, den Lärm, den Schmutz, die Soldaten.

Heute herrschte nicht die 6. Armee über die Stadt, sondern die Camorra. Der Unterschied bestand darin, daß Mädchen nicht mehr durch Hunger nach Brot, sondern durch Hunger nach Drogen zur Prostitution gezwungen wurden. Vielleicht waren es ein paar weniger als damals, aber was änderte das schon. Dafür war der Preis, für den sie sich verkauften, gesunken. Damals bekam man für einmal Hinlegen ein Päckchen Zigaretten oder eine Dose Corned Beef, beides geeignet, den größten Hunger zu stillen. Heute mußten die Frauen schon ein paarmal die Beine breit machen, wenn sie das Geld für ein paar Gramm Träume zusammenholen wollten.

Mit jedem Meter, den das Flugzeug vom Boden abhob, fühlte sie sich besser. Und in 10000 Metern Höhe ging es ihr so gut, daß sie sich vom Steward einen doppelten Wodka bringen ließ. Der Steward, ein langer, dünner Mensch mit einem wunderschönen holländischen Akzent verstand sie vollkommen. Nach dem dritten Wodka hätte sie ihn gern gefragt, ob seine Mutter – aber dann rief sie sich zur Ordnung, lehnte den nächsten Wodka ab, beschloß, Neapel endgültig zu vergessen, und schlief, bis das Flugzeug in Hamburg landete.

Die Stadt empfing sie wie immer um diese Jahreszeit mit kaltem Wind und Regen. Bella fror, während sie vor ihrer Haustür stand und versuchte, den Schlüssel ins Schloß zu stecken, ohne die Reisetasche auf dem nassen Boden abzusetzen.

Auch im Haus war es kalt. Sie stellte die Heizung an und zog zwei Pullover übereinander, bevor sie einen Rundgang antrat.

Es sah aus, als sei Carlos seit ihrer Abreise nicht mehr dagewesen. Da der Porsche vor der Tür gestanden hatte, mußte er aber eigentlich irgendwo den Schlüssel hingelegt haben. Bella ging an den Briefkasten. Es waren ein paar Reklamezettel drin, die Telefonrechnung für den vergangenen Monat und, ganz unten, ein dunkelroter Briefumschlag mit der Aufschrift: Bella B.

Der Umschlag sah so dramatisch aus, daß sie beschloß, ihn im Sitzen zu öffnen und mit einem Glas in der Hand. Sie warf die Reklamezettel in den dafür bestimmten Papierkorb hinter der Haustür, ging in die Küche und öffnete den Kühlschrank. Dort standen Wodka und Orangensaft in Mengen. Sie machte sich ein Glas zurecht und begab sich ins Wohnzimmer. Sie rückte den Sessel ans Fenster. Die Sträucher hatten fast keine Blätter mehr. An den Zweigen hingen dicke weiße Beeren, von der Sorte, die Kinder unter der Schuhsohle knacken ließen. Ein paar Kastanien lagen naß und glänzend herum. Dunkelrote und gelbe Weinblätter waren zu einem Haufen zusammengeharkt worden. Der Wind war dabei, die Blätter wieder zu verteilen. Bella öffnete das Fenster. Sie atmete tief die Luft ein, die nach Laub roch, und dachte, daß es Zeit sei, das Glas zu erheben auf alle Dichter, die den Herbst besungen hatten. Trakl, dachte sie:

> Da macht ein Hauch mich von Zerfall erzittern
> Die Amsel klagt in den entlaubten Zweigen
> Es schwankt der rote Wein an rostigen Gittern,

Indes wie blasser Kinder Todesreigen
Um dunkle Brunnenränder, die verwittern,
Im Wind sich fröstelnd blaue Astern neigen.

Sie blieb eine Weile reglos am Fenster stehen, reglos, weil sie fürchtete, durch eine Bewegung das Glücksgefühl zu vertreiben, das sie empfand. Dann schloß sie das Fenster, nahm den roten Umschlag und setzte sich in den Sessel. Es stand ungefähr das in dem Brief, was sie erwartet hatte, bis auf den Schlußsatz, vielleicht. Carlos teilte ihr mit, daß er zu der Überzeugung gekommen sei, daß die Arbeit bei ihr nicht mit seiner männlichen Würde zu vereinbaren sei. Das alles in umständlichen Worten, um am Ende zu schreiben: Ich komme zurück, wenn Sie es wollen – als Mann!

Er ist genau der kleine Spießer, für den ich ihn von Anfang an gehalten habe, dachte sie, nahm den Autoschlüssel aus dem Umschlag und warf den Brief in den Papierkorb. Er fiel daneben.

Sie blieb im Sessel sitzen, glücklich und entspannt, und sah zu, wie es draußen endgültig dunkel wurde. Erst als sie die hin und wieder vorbeifahrenden Schiffe nur noch an den beleuchteten Aufbauten und den roten oder grünen Positionslampen erkennen konnte, stand sie auf. Im Haus war es warm geworden. Sie zog die Pullover aus. Als das Telefon klingelte, war sie gerade in der Küche und suchte nach etwas Eßbarem. Sie ging zurück und nahm den Hörer ab. Am anderen Ende meldete sich niemand. Sie legte auf und ging zurück in die

Küche. Dann klingelte das Telefon noch einmal, und am anderen Ende hörte sie die aufgebrachte und zugleich glückliche Stimme von Beyer.

Na endlich, wo steckst du denn? Ist dir klar, daß ich seit Tagen bei dir anrufe? Wo ist dieser Knabe, der dich versorgt? Kann man denn nicht mal von dem eine Auskunft bekommen? Findest du es eigentlich in Ordnung, einfach so zu verschwinden? Ich komme jetzt sofort, lauf ja nicht weg inzwischen, hörst du?

Natürlich hörte sie ihn. Sie war nur gerade damit beschäftigt, über die angenehmen Gefühle nachzudenken, die der Klang seiner Stimme in ihr hervorgerufen hatte.

Ich glaube, ich bin in dich verliebt, sagte sie statt einer Antwort.

Am anderen Ende war es still.

Kann ich irgend etwas dazu tun, daß du das nicht nur glaubst, sondern weißt? fragte er.

Tja, ich weiß nicht, vielleicht solltest du endlich den Hörer..., sie ließ den Satz unvollendet, denn Beyer hatte schon aufgelegt.

Als er kam, lag sie im Bett, strahlte ihn an und las laut:

> An einem Tag im blauen Mond September
> Still unter einem jungen Pflaumenbaum

und Beyer unterbrach sie in der Tür stehend, strahlte zurück und sagte:

> Da hielt ich sie, die stille, bleiche Liebe
> In meinem Arm wie einen holden Traum.

Sie fand sich weder still noch bleich. Und es war auch kein Traum, den sie gerade erlebten.

Und trotzdem sind die Verse schön wie noch nie, dachte Bella und beobachtete ungeduldig, wie Beyer versuchte, seine Dienstpistole so oben auf die Kleider zu legen, daß sie nicht herunterfiel.

Was für merkwürdige Sachen sie den Polizisten beibringen, dachte sie noch verwundert, bevor sie ihn endlich anfassen konnte.

Herr Korthum ist nicht da. Vielleicht versuchen Sie es später noch einmal.

Die Stimme der Verkäuferin am anderen Ende der Leitung war freundlich. Bella bedankte sich für die Auskunft. Ihr war's recht. Sie würde ihren Bericht schriftlich abfassen und warten, bis der vielbeschäftigte Herr Zeit für sie hatte. Sie bezweifelte inzwischen, daß der Bericht für Korthum irgendeine Bedeutung besaß. Offenbar war er mit seiner Frau handelseinig geworden. Weshalb hätten die beiden sonst zusammen zurückfahren sollen. Aber sie wollte für ihren Auftrag einen ordentlichen Abschluß und bei der Gelegenheit einen kritischen Blick auf den Schuhladen ihres Auftraggebers werfen. Und damit beschloß sie, nicht zu warten, bis Korthum sich melden würde. Sie fuhr nach Blankenese. Was sie zu sehen bekam, bestätigte ihre Vermutungen.

Sie setzte sich in ein kleines Café dem Schuhladen gegenüber, bestellte einen riesigen Eisbecher und wartete. Korthum kam nicht. Der Laden wurde pünktlich geschlossen. Es waren etwa zehn Kundinnen in der Zwischenzeit in dem kleinen Garten verschwunden, der das Haus umgab, und vier Kunden. Alle Damen waren nach einer Weile wieder erschienen, behängt mit Tüten aus dunkelblauem Lackpapier und jede mindestens um fünfhundert Mark leichter. Was die Herren gekauft hatten, konnte sie nur raten, denn die erschienen nicht wieder, jedenfalls nicht in der Zeit, die Bella im Café verbrachte und den Ausgang beobachtete.

Kurz bevor der Laden schloß, ging sie über die Straße, betrat den Laden und fragte nach Korthum. Sie erhielt die gleiche Antwort. Das »später« wurde allerdings durch »morgen« ausgetauscht, und das Mädchen war nicht die, mit der sie am Telefon gesprochen hatte.

Als sie wieder auf die Straße trat, sah sie auf der gegenüberliegenden Seite einen Wagen mit italienischem Nummernschild. Der Wagen war leer. Der Mann, der darin gesessen hatte, stand so unauffällig wie möglich hinter einem dicken Baum und tat, als beobachte er angestrengt den Himmel über Tonios Schuhladen. Bella ging an ihm vorbei. Nach einer Weile kehrte sie um und ging noch einmal an ihm vorbei. Beide Male hatte er so deutlich nach Camorra gestunken, daß sie sich wunderte, wie mutig er war, hier ungeniert herumzulaufen. Es war klar, daß sich etwas über dem Geschäft da drüben zusammenbraute. Die Sache war noch nicht ausgestanden. Nur ihr eigener Auftritt war vermutlich beendet.

Bella setzte sich in ihren Porsche und fuhr langsam über die Elbchaussee zurück nach Hause. Ihr entgegen kamen große, dunkle Limousinen, in deren Fond einzelne alte Männer saßen. Das Geld, das tagsüber in der Innenstadt gehockt hatte, ließ sich zum Abendessen nach Hause chauffieren. An einer Ampel betrachtete sie interessiert den Chauffeur des Wagens gegenüber. Er sah aus wie Carlos, aber sie konnte sich nicht vorstellen, daß er eine Livree angezogen hatte. Als der Wagen langsam an ihr vorüberfuhr, sah sie, daß es tatsächlich Carlos war, der hinter dem Steuer saß.

Heimgekehrt ins Land der Männer, dachte sie, und noch dazu mit allem Pomp. Wahrscheinlich würde er strammstehen, wenn er die Tür aufriß, und so stehenbleiben, bis der zusammengesunkene Alte aus dem Wagen geklettert und an ihm vorübergegangen war.

Bella drückte die Suchtaste des Radios. Die privaten Sender überboten sich an Plastikmusik. Außerdem hatten sie sich offenbar zu einem Wettbewerb um die aggressivste und gleichzeitig dämlichste Ansagerstimme herausgefordert. In »Radio Hamburg« wurde ein sogenannter »Flohmarkt« abgehandelt. Der Moderator suchte eine Putzfrau für einen Kollegen: blond, blaue Augen, Oberweite nicht unter 90, für zweimal die Woche... putzen, wie er mit einer so dämlich-lauten Stimme röhrte, daß Bella geneigt war, ihm, einem gewissen Norbert Leo, den goldenen Gummihammer für übergroße Dummheit zuzusprechen. Sie stellte das Radio ab. Zu Hause machte sie sich daran, ihre Ermittlungen für Korthum schriftlich darzustellen und schloß mit dem Satz: Ich halte es für sehr wahrscheinlich, daß Sie mit Ihrer Frau gemeinsam nach Hamburg zurückgefahren sind.

Den Bericht steckte sie zusammen mit verschiedenen Rechnungen in einen braunen Umschlag, den sie in die oberste Schreibtischschublade legte. In einen weiteren Umschlag steckte sie das übriggebliebene Geld und legte ihn neben den ersten.

Aus der Küche holte sie das Tablett mit Wodka, Orangensaft, Eis und einem Glas und schob den Ohrensessel vor das Fenster. Es war Zeit für einen Dämmerschoppen. Bevor sie sich niederließ, in der Hand einen schmalen Band mit Gedichten von Ungaretti, ging sie noch einmal zum Telefon und wählte die Nummer von Tonios Schuhladen. Es war nach acht, und natürlich nahm niemand mehr den Hörer auf. Sie schlug das Buch auf und las:

> An den verlassenen Gärten
> landete diese Nacht
> wie eine Taube

Da beschloß sie, Korthum und alles, was mit ihm zusammenhing, zu vergessen.

Vor ihr auf dem Fluß zeigte eine grüne Positionslampe an, daß ein kleines Schiff in der Dunkelheit die Fahrtrichtung Nordsee aufgenommen hatte. Bella nahm einen großen Schluck Wodka, stellte das Glas ab und las halblaut und feierlich:

Finale
Nicht mehr brüllt, nicht mehr flüstert das Meer,
das Meer,
Ohne die Träume, ein unfarben Feld ist das Meer,
das Meer.
Es macht Erbarmen auch das Meer,
das Meer,
Es bewegen achtlose Wolken das Meer,
das Meer.
Traurigem Rauch überläßt sein Bett jetzt das Meer,
das Meer,
Gestorben ist auch, sieh nur, das Meer,
das Meer.

Das war als Beschwörungsformel für das kleine Schiff gedacht und rief auch Erinnerungen wach an den Strand, den sie gerade verlassen hatte, und an die rote Sonne, die in den grauen Schlund aus Wasser und Himmel gerutscht war.

Abends, dachte sie, war der Strand leer gewesen. Außer ein paar streunenden Hunden hatte sich niemand dort aufgehalten. Oder doch? Irgend jemand hatte sie niedergeschlagen. Sie war sicher, daß ihr jemand gefolgt war. Korthum? Sein Muskelmann? Immerhin hatte er sie sprechen wollen. Der Campingwagen hatte ganz in der Nähe des Strandes gestanden. War jemand über den Strand gekommen, hatte sie am Wagen gesehen und ihr den Schlag versetzt? Aber weshalb? Wen hatte sie gestört? Der Wohnwagen war leer gewesen. Der Arm, den sie flüchtig in der Dunkelheit wahrgenommen hatte, war er ein Männer- oder ein Frauenarm gewesen?

Und das, Bella Block, sagte sie zu sich selbst, während sie das gefüllte Glas abstellte, das wolltest du vergessen?

Sie erhob sich und ging an den Schreibtisch. Als sie alle Schubladen durchsucht hatte, blieb ihr nichts weiter übrig als festzustellen, daß die Plastikhülle mit den Fotos verschwunden war. Die Beretta war noch da, und Bella steckte sie in die Tasche ihres Trenchcoats. Sie schloß hinter sich die Haustür ab, obwohl offenbar trotzdem jeder ins Haus kam, wie es ihm paßte. Auf dem schwarzen Wagendach klebten ein paar Kastanienblätter, die letzten anscheinend, denn der große Baum vor ihrer Haustür war kahl, und im Licht der Straßenlaterne glänzten die leeren Zweige im Regen.

Bella fuhr zur Wohnung der Korthum. Sie hielt vor dem Haus, stieg aus und betrachtete die niedrigen Fenster. Dann öffnete sie das Gartentor und ging ums Haus in den kleinen Garten. Die Korthum war nicht da. Die Fenster waren dunkel, die Vorhänge waren nicht zugezogen. Sie überlegte einen Augenblick und ging dann zurück zum Wagen. Eine Weile blieb sie im Wagen sitzen. Auch an den Fenstern zur Straße waren die Vorhänge offen. Hinter den dunklen Fensterscheiben bewegte sich nichts. Langsam gab sie Gas. Sie fuhr vorbei an einer Reihe niedriger, alter Wohnungen, die hinter der Häuserfassade nach allen Regeln der Kunst aufgemotzt worden waren. Die meisten Bewohner hatten auf Vorhänge verzichtet, in dem wohligen Gefühl, das eine bestimmte Sorte wohlverdienender Mittelstandsbürger auszeichnet, die der Meinung sind, daß ausgerechnet ihre Lebensform die allein seligmachende ist. Und so rollte sie vorbei an »Wohnvisionen aus Licht und Stahl, üppig sprießenden Zimmerpflanzen, illuminierten Wolkenkratzern, die als Lampen dienten, Vertikos im Neobiedermeier und New-Wave-Visionen abstrakter Gemälde, transformiert in Sitzmöbel« von zweifelhafter Bequemlichkeit, aber ganz sicher so teuer, daß die glücklichen Besitzer die Vorhänge abends offen lassen mußten, damit nicht nur sie, sondern auch mögliche Spaziergänger über die notwendigen Zutaten zur richtigen Lebensart aufgeklärt wurden.

Dieses Land, dachte Bella, während sie am Ende der Häuserreihe heftig aufs Gaspedal trat, hat nach dem Krieg eine Menge schöner Sachen hervorgebracht. Nierentische und Farbfernseher, Autos und elektrische Nähmaschinen. Aber am wunderbarsten gelungen ist vielleicht doch diese dicke, zähe, klebrige Mittelstandsmasse, die einen so guten Puffer zwischen oben und unten abgibt, daß schon etwas ganz Besonderes passieren muß, um die Verhältnisse in Bewegung zu bringen.

Vielleicht liegt es daran, Bella Block, daß du dich nicht wirklich hier zu Hause fühlst?

Und wie zur Bestätigung quakte die unsäglich wichtigtuerische Stimme eines dieser sogenannten Verkehrsreporter aus dem Autoradio, um mitzuteilen, daß im Elbtunnel ein LKW liegengeblieben sei.

Richtig, dachte Bella, die Autobahnen hatte ich vergessen, und hielt vor Tonios Schuhladen.

Natürlich brannte kein Licht mehr. Trotzdem blieb sie im Wagen sitzen und wartete. Der Laden lag in einer stillen, exklusiven Wohngegend. Hinter hohen Hecken konnte sie alte Villen erkennen, mattweiß schimmernd im Licht der spärlichen Straßenlaternen. An den Hausecken waren die in dieser Gegend üblichen Sirenen befestigt, deutlich genug, um mögliche Einbrecher abzuhalten; was sie nicht taten, wie Bella aus ihrer Polizeiarbeit wußte. Aber sie waren ein gutes Geschäft für die Hersteller von Warnanlagen. Es standen ungewöhnlich viele, nämlich vier teure Wagen auf der Straße, obwohl doch anzunehmen war, daß in dieser Gegend zu den Häusern Garagen gehörten. Der braune Jaguar war nicht dabei. Tonios Schuhladen war in einem restaurierten und umgebauten Fachwerkhaus untergebracht, noch aus der Zeit, als hier ein Dorf gestanden hatte. Rechts und links neben dem Haus war ein schmaler Gartenstreifen angelegt, eingefaßt von einem niedrigen, weiß gestrichenen Lattenzaun. Am Nachmittag hatte sie dort Herbstastern in verschiedenen Lilatönen bewundern können, die jetzt, im Dunkeln, trotz der Straßenlaternen, nicht zu erkennen waren. Zwischen den Asternstauden führte ein kleiner Plattenweg hinter das Haus. Bella öffnete die Wagentür, als auf dem Plattenweg, der rechts am Haus vorbei lief, eine Gestalt auftauchte. Sie zog die Tür wieder zu sich heran und blieb sitzen. Ein Mann näherte sich langsam dem Gartenzaun, sah über die Straße, öffnete die Gartentür und ging nach links, zu einem der parkenden Wagen.

Er schloß den Wagen auf, griff ins Handschuhfach, verschloß den Wagen wieder und verschwand, ohne sich noch einmal umzusehen, hinter dem Haus. Das Gartentor hatte er sorgfältig hinter sich geschlossen.

Bella wartete einen Augenblick. Dann ging sie über die Straße, betrat den Garten und sah sich um. Von dem Mann keine Spur. Tonios Laden war dunkel geblieben. Undeutlich sah sie durch die rückwärtige Glasfront die Schatten der dekorativ über den Boden verteilten Schuhe und den Kassenblock neben einem Trägerbalken. Vorsichtig ging sie ein paar Schritte weiter in den hinteren Gartenteil. Vor ihr tauchten die Umrisse eines Gebäudes auf, ebenfalls dunkel. Sie blieb einen Augenblick stehen und erkannte ein niedriges, strohbedecktes, flaches Gebäude, wahrscheinlich ein zum Haus gehörender früherer Stall. In der Mitte des Stalles, da, wo sie die Tür vermutete, leuchtete ein winziges Licht, nicht stärker als das eines Glühwürmchens.

Ein indirekt beleuchteter Klingelknopf, sehr dezent, dachte Bella, als sich die Tür öffnete. Sie hatte gerade noch Zeit, sich in die Hecke zu drücken. Der Mann, den sie vor ein paar Minuten schon einmal gesehen hatte, ging an ihr vorbei zu seinem Wagen. Bella sah einem gut gekleideten Herrn zwischen fünfzig und sechzig nach, der gerade von seinem natürlichen Recht auf Abwechslung Gebrauch gemacht hatte. Ganz sicher hatte er teuer dafür bezahlt, was das Vergnügen ohne Frage erhöhte.

Die Wagentür klappte, der Wagen wurde gestartet

und fuhr leise davon. Bella blieb zurück. Sie hörte neben sich das zarte Geräusch des Regens, der auf die Hecke fiel, und etwas weiter entfernt, aus der Richtung hinter dem Haus, die Wellen der Elbe, die an den Strand klatschten. Sie stand noch in die Hecke gelehnt, als sich die Tür ein zweites Mal öffnete. Diesmal erschienen gleich drei Herren, vielleicht etwas jünger, aber ebenfalls vom Schlag »erfolgreicher Geschäftsmann«. In einem meinte Bella einen Senator zu erkennen, der vor ein paar Wochen in einer regionalen Talk-Show zum Thema Quotierung aufgetreten war. Sie erinnerte sich, daß er besonders liebevoll von seiner Familie gesprochen hatte und von seiner Gattin, die ihm die beste Beraterin sei.

Die Wagentüren klappten dezent, kurz darauf war nur noch der Regen zu hören, der auf die hohen Hecken fiel, hinter denen die eine oder andere kostbar ausgestattete Ehefrau im behaglich eingerichteten Wohnzimmer ihrer weißen Villa begann, unruhig zu werden. Nicht besonders unruhig natürlich, denn sie wußte, daß sie sich auf ihren Mann verlassen konnte. Der kam dann auch bald, aufgeräumt und liebenswürdig wie immer, wenn er einen anstrengenden, aber erfolgreichen Arbeitstag beendet hatte.

Bella löste sich aus der Hecke und ging zurück zu ihrem Wagen. Sie wartete noch eine Weile, aber es kam niemand mehr. Nur der Regen fiel immer noch gleichmäßig und still auf die hohen Hecken. Sie fuhr zurück, betrat ihr Haus und ging gleich nach oben, um sich hinzulegen. Deshalb sah sie auch den kleinen, dunklen Mann nicht, der kurz nachdem sie ihren Beobachtungsposten aufgegeben hatte, seinen Wagen vor Tonios Schuhladen parkte, die Rücklehne schräg nach hinten stellte und begann, das Haus zu beobachten. Er blieb dort, bis es begann, hell zu werden.

In der Nacht träumte sie einen Traum, in dem die Welt einer Schichttorte glich. Die untere Schicht war mit Männern gefüllt, die Schicht, die darüber lag, mit Frauen. Einige Frauen versuchten, die Schichten zu vermischen. Um das zu verhindern, war ein weiblicher Lord Schichttortenbewahrer aufgestellt worden; eine riesige Frau mit einem Regenschirm wie eine Art Zepter in der Hand, die jedes Mal, wenn eine Frau ihr Bein durch den weichen Tortenboden steckte, dreimal mit dem Schirm auf den Boden stieß und ausrief: »Wollt ihr das wirklich?« Und sofort ließen die Frauen von ihrem Vorhaben ab. Bella erwachte, als die Riesin ihr mit dem Regenschirm die Nase kitzelte, aber es war nur die wunderschöne bleiche Novembersonne, die durch das Fenster auf ihr Bett fiel.

Korthum meldete sich auch in den nächsten Tagen und Wochen nicht, obwohl Bella ihm ausrichten ließ, daß sie zurück sei und auf seinen Anruf warte. Sie hätte die ganze Angelegenheit für erledigt halten können. Aber sie wartete weiter. Die Sache war nicht erledigt. Im Gegenteil. Je länger sie nichts von Korthum hörte, desto klarer wurde ihr, daß das Ende der Geschichte nicht ohne Komplikationen abgehen würde.

Im Januar erhielt sie das unzweideutige Angebot eines östlichen Geheimdienstes, gegen gutes Geld die Arbeitsmethoden der westdeutschen Kriminalpolizei zu dokumentieren. Bella lehnte ab und wies den unscheinbaren Mann, der sie bei einem Spaziergang am Elbufer angesprochen hatte und ihr dann in ihrem Wohnzimmer am Schreibtisch gegenüber saß, auf ein paar gute westdeutsche Veröffentlichungen hin. Der Mann notierte dankbar die Titel und verschwand. Bella ernährte sich weiter mühsam von kleinen Überwachungsaufträgen.

Im Februar las sie in einer überregionalen Tageszeitung, daß an einem Strand, den sie gut kannte, im Süden Italiens, bei Aufräumungsarbeiten, die man jedes Jahr zur Vorbereitung auf die Saison vornahm, die Überreste eines übel zugerichteten Mannes gefunden worden waren. Ihr Gefühl beim Lesen der Meldung war ungefähr so, als wenn unerwartet neben ihr eine Luftschutzsirene losgegangen wäre.

Sie besorgte sich die Telefonnummer des Hotels und versuchte Paolo zu erreichen. Nach einigen vergeblichen Versuchen gab sie auf. Offenbar war das Hotel noch nicht eröffnet worden. Sie beschloß, Beyer aufzusuchen und ihn um Unterstützung zu bitten.

Als sie ein paar Stunden später das Polizeigebäude betrat und sich von einem schlecht gelaunten ehemaligen Kollegen, der sie trotz seiner schlechten Laune abschätzend von oben bis unten musterte, bei Beyer anmelden ließ, bedankte sie sich zum wiederholten Male bei ihrer eigenen Weitsichtigkeit, die sie dazu veranlaßt hatte, aus dem Polizeidienst auszuscheiden. Sie konnte sich nicht mehr vorstellen, wie sie es hatte aushalten können, jeden Morgen an einem mürrischen Pförtner vorbei in dieses Haus zu gehen, um den Tag mit Kollegen zu verbringen, die kollektive Arbeit aus Konkurrenzgründen verabscheuten, und deren dröhnendes Lachen über dreckige Witze oder die Niederlagen anderer ihr noch heute manchmal Alpträume verursachte.

Beyer war erfreut, sie zu sehen – sie trafen sich seltener in der letzten Zeit –, und versprach, bei den italienischen Kollegen nachzufragen, um wen es sich bei dem Toten handelte. Bella saß ihm gegenüber und versuchte zu verstehen, was mit ihm passiert war, bis sie begriff, daß nicht er, sondern sie sich verändert hatte. Außerdem hätte sie ihn nicht in seinem Büro aufsuchen dürfen. Sie fühlte sich desillusioniert und lächelte ihm traurig zu. Er lächelte zurück und versprach vorbeizukommen, wenn er Näheres wisse.

Zu Hause angekommen, betrank sie sich.

Beyer rief schon ein paar Stunden später an. Als Bella seine Stimme hörte, sagte sie mit schwerer Zunge: Es hilft nur Gewalt, wo Gewalt herrscht. Sie hatte gehofft, er würde antworten: Es helfen nur Menschen, wo Menschen sind.

Statt dessen sprach er von Schwierigkeiten bei der Identifizierung des Toten und umständlichen Ermittlungen der italienischen Kollegen. Der Mann, den man am Strand gefunden hatte, war von Hunden zerrissen worden. Und die Ermittlungen der Polizei zielten darauf festzustellen, ob er schon tot gewesen war, als die Hunde sich über ihn hermachten, oder ob er, aus welchen Gründen auch immer, von Kampfhunden zerrissen worden war, die in der Nähe gehalten wurden. Bella legte den Hörer auf, weil ihr übel wurde.

Im März las sie im Blankeneser Lokalanzeiger, was sie seit ein paar Wochen erwartete: Tonios Schuhladen war von unbekannten Tätern verwüstet worden. Der

Artikel wurde durch ein Foto ergänzt, auf dem Karen Arnold, die Korthum und ein Teil des verwüsteten Ladens abgebildet waren. Aus der Bildunterschrift ging hervor, daß die Korthum beabsichtigte, die Schuhläden nicht nur in Blankenese, sondern auch in anderen Städten aufzugeben. Bella vermutete, daß ein paar Kollegen der beiden Italiener, die im Süden Italiens im großen Tempel einem Bandenkrieg zum Opfer gefallen waren, versucht hatten, die Korthum unter Druck zu setzen. Um mehr zu erfahren, hätte sie Beyer anrufen müssen, der sich seit dem mißglückten Telefongespräch nicht wieder gemeldet hatte. Aber sie hatte keine Lust dazu.

Im April hätte sie beinahe einen großen Auftrag bekommen. Sie hatte erst abgelehnt, als ihr klar wurde, daß zu ihrem Auftrag auch gehörte, einem Betriebsrat Rauschgift unterzuschieben, damit ihr Auftraggeber ihn besser loswerden konnte.

Im Mai entdeckte sie die Todesanzeige in der Zeitung.

Es war ein wundervoller Frühsommertag. Sie hatte die Fenster zum Elbhang geöffnet. Die Büsche am Hang, Flieder und Forsythien, waren so üppig grün, daß sich nicht nur einer, sondern mindestens drei nette alte Männer hätten dahinter verstecken können. Aber seit sie ihre gymnastischen Übungen in die obere Etage verlegt hatte, war auch der eine einsame Zuschauer weggeblieben. Es hatte geklingelt, und sie war an die Tür gegangen, um der Postbotin ein paar Briefe abzunehmen. Die stand noch vor der Tür und wartete auf ein

Schwätzchen in der Morgensonne, als Bella die Zeitung aus dem Briefkasten nahm und zufällig die Seiten mit den Todesanzeigen aufschlug.

Hoffentlich nichts Schlimmes, sagte die Postbotin, halb mitleidig, halb neugierig, als Bella entgegen ihrer sonstigen Gewohnheit nur stumm auf die Zeitung starrte.

Doch, sagte die nur.

Im Haus stellte sie sich ans Fenster und dachte darüber nach, wie merkwürdig es war, daß gerade die Zwänge, die ein ordentliches Leben vorschreibt, in den Untergang führen können. Dann setzte sie sich in den Sessel und las die Todesanzeige noch einmal.

Paul Korthum, unser lieber Mann und väterlicher Freund, ist einem furchtbaren Unglück zum Opfer gefallen. Wir werden ihn nicht vergessen. Die Trauerfeier findet am 11. Mai auf dem Ohlsdorfer Friedhof, Kapelle 7, 18.00 Uhr statt. Marianne Korthum, Karen Arnold.

Bella stand auf, ging an den Schreibtisch und sah auf ihren Kalender. Der 11. Mai war in drei Tagen. Sie trug den Termin ein, ging zurück ans Fenster und ließ sich, im Sessel sitzend, den Rest des Tages bei geöffnetem Fenster die Sonne ins Gesicht scheinen. Dabei ließ sich gut nachdenken. Und außerdem hatte sie sowieso nichts Wichtiges zu tun.

In den nächsten zwei Tagen geschah nichts. Trotzdem hatte Bella das Gefühl einer sich ständig steigernden Spannung. Sie versuchte zu analysieren, woran das lag, und stellte fest, daß sie unbewußt auf einen Anruf wartete. Der kam dann auch, gegen Abend am Tag vor der Beerdigung.

Ich bin zu Hause, sagte sie. Wenn Sie mich sprechen wollen, kommen Sie her.

Eine halbe Stunde später saß die Korthum neben ihrem Schreibtisch.

Bella hatte sie hereingelassen, ihr einen Platz angeboten und wartete schweigend.

Alle Personen dieser miesen Geschichte haben jetzt neben deinem Schreibtisch gesessen, Bella, dachte sie, und du könntest nicht einmal sagen, welche dir am unsympathischsten war. Wahrscheinlich immer gerade diejenige, die vor dir sitzt.

Die Frau, die vor ihr saß, hatte nur noch wenig Ähnlichkeit mit der beherrschten Dame, die sie kannte. Noch immer war ihre Aufmachung makellos teuer und dezent, aber Bella hatte den Eindruck, als diene der breite Ledergürtel, den sie um ihren Trenchcoat geschlungen hatte, nicht mehr der Dekoration, sondern bewahre die Person, die in dem Mantel steckte, vor dem Auseinanderfallen. Unglaublich dünn und sehr nervös war die Korthum inzwischen geworden.

Ich wäre nicht zu Ihnen gekommen, wenn mir jemand anders eingefallen wäre. Vielleicht ist eine Frau für diese Sache auch gar nicht so schlecht.

Sie zog an den Fingern ihrer eng anliegenden Lederhandschuhe, ohne sie auszuziehen. Bella sah, daß sie sehr nachlässig geschminkt war. An den Schläfen schienen die blonden Haare heller zu werden.

Wir werden meinen Mann morgen begraben. Er ist – er hatte einen Unfall.

Sie machte eine Pause und verzog so angeekelt das Gesicht, daß Bella auch ohne nachzufragen begriff, daß die Korthum daran dachte, wie er ausgesehen haben mochte, als sie ihn identifizierte.

Ich möchte, daß Sie bei der Beerdigung dabei sind. Hier, sie öffnete die flache, schwarze Tasche, die sie auf ihren Schoß gelegt hatte, und zog hastig eine Brieftasche heraus.

Lassen Sie das Geld stecken, sagte Bella. Erzählen Sie mir lieber, was damals wirklich passiert ist, als Ihr Mann dort unten war.

Es war ganz deutlich, daß die Frau Angst hatte.

Was soll passiert sein, sagte sie. Nichts ist passiert. Wir hatten einen kleinen Streit. Nichts Ernstes. Sein Chauffeur hat mich zurückgefahren. Und er ist nicht nachgekommen. Der Chauffeur ist übrigens seit einiger Zeit verschwunden, wenn Sie's genau wissen wollen. Das ist alles.

Sie log so offensichtlich, daß Bella überlegte, ob sie das Gespräch beenden und sie vor die Tür setzen sollte. Sie tat es nicht. Aber sie sagte auch nicht, daß sie vorhatte, zu Korthums Beerdigung zu gehen.

Sehen Sie, er hatte Freunde dort unten, zwei von ihnen haben Sie gekannt, sagte die Frau hastig, sprach dann aber nicht weiter. Sie war damit beschäftigt, ihren Unterkiefer ruhig zu halten, um das laute Klappern ihrer Zähne zu unterdrücken.

Und diese Freunde könnten der Meinung sein, daß bei dem letzten Gespräch, das Ihr Mann mit Ihnen hatte, nicht alles so glatt gelaufen ist, wie Sie es mir gerade erzählt haben, ist es nicht so? Diese Freunde könnten der Meinung sein, daß Sie etwas nachgeholfen haben, um den Aufenthalt Ihres Mannes dort unten zu verlängern. Und diese Freunde könnten vielleicht etwas dagegen haben, nur mit Ihnen und Ihrer sauberen Freundin anstatt mit Ihrem Mann ihre illegalen Geschäfte abwickeln zu müssen.

Die Frau starrte Bella an und lachte plötzlich grell und gezwungen.

Ich dachte, Frauen wie Sie verdienen ihr Geld damit, zu schnüffeln und Leute umzubringen. Ich dachte, Sie machen alles, wenn's nur bezahlt wird. Ich wußte nicht, daß Sie Ihr Geld lieber mit Moralpredigten verdienen wollen. Verzeihung vielmals. Wahrscheinlich sind Sie eine, die mehr von männlichen Zuhältern hält. Bei uns…

Geben Sie sich keine Mühe, sagte Bella ruhig. Frauen, die andere Frauen zum Kauf anbieten, wie Sie und Ihre Freundin, waren mir schon immer widerlich.

Sie stand auf, ging zur Haustür und blieb dort stehen, bis die Korthum das Haus verlassen hatte.

Herrgott, dachte sie, als sie an den Kühlschrank ging, um sich etwas zu trinken zu holen. Kann denn nicht ein einziges Mal ein angenehmer, ordentlicher, ganz normaler Mensch zur Tür hereinkommen? Einer, dem ich vielleicht seine teure Pfeife wiederfinden soll, die er beim Spazierengehen verloren hat? Oder vielleicht eine wirklich nette Frau, die möchte, daß ich ihrem Ehemann morgens um fünf ein Ständchen organisiere, weil sie ihn vor zwanzig Jahren morgens um fünf kennengelernt hat?

Der Freitag, für den die Trauerfeier angesetzt war, war so schön, daß Bella morgens am Fenster vor Bewunderung die Luft anhielt. Sie machte einen langen Spaziergang an der Elbe und fühlte sich wunderbar. Nur an der Schiffsbegrüßungsanlage in Schulau hatte sie ein Erlebnis, das sie traurig stimmte. Bella, die darüber nachgedacht hatte, wie schön es wäre, mal eben ein kurzes Bad in der Elbe nehmen zu können und dann zurückzugehen, erschrak durch plötzliche Rufe und sah hoch.

Sie stand neben einer kleinen Gruppe von Menschen, die sich am Ufer versammelt hatten. Sie winkten. Ein alter Mann in einem dunkelblauen, weißgestreiften Kittel reckte eine rote Fahne in die Luft. Ein dunkler, verrosteter Frachter mit hohen Aufbauten fuhr wie eine Art Totenschiff – an Bord zeigte sich keine Menschenseele – langsam an der Schiffsbegrüßungsanlage vorüber. Dann dröhnte aus dem Lautsprecher die sowjetische Nationalhymne, und die Rufe der alten Leute waren nicht mehr zu hören.

Nicht traurig sein, Bella, nicht an einem so schönen Tag, dachte sie entschlossen. Sie machte kehrt und begann zu laufen. Sie lief langsam und gleichmäßig dicht am Wasser auf dem festen, feuchten, giftigen Elbsand zurück. Nach einer halben Stunde war sie noch auf ihren Körper konzentriert, eine keuchende, schmerzende Maschine, die sich weigern wollte, ihr zu gehorchen, und die mit aller Kraft dazu gezwungen werden mußte durchzuhalten.

Etwa am alten Schiffshafen in Teufelsbrück hatte sie die Gruppe am Ufer vergessen, nicht wirklich vergessen, natürlich, aber im Augenblick spielte sie keine Rolle mehr. Und als sie endlich keuchend die Straße erreichte, war sie erschöpft und stolz zugleich. Die Stufen den Elbhang hinauf machten ihr kaum Mühe.

Sie duschte, schlief, zog sich sorgfältig an, weiße Hose, weißes Jackett, wobei sie darüber nachdachte, wie gut es ist, daß man Muskelkater nicht sehen kann, und saß gegen vier Uhr nachmittags im Auto. Sie hatte sich vorgenommen, etwas früher auf dem Friedhof zu sein. Aber um an diesem Freitag nachmittag von einem Ende der Stadt zum anderen zu kommen, brauchte sie über eine Stunde. Trotzdem blieb noch genug Zeit, um einen Spaziergang zu machen.

Der Ohlsdorfer Friedhof war um diese Jahreszeit ein einziger blühender Rhododendron. Und auf eine merkwürdig direkte Weise war in dem Rhododendron der

Tod gegenwärtig, ein violetter, stiller Tod, dem man sich ohne Furcht hingeben konnte. Nur manchmal surrte langsam ein Wagen über die asphaltierte Straße, oder eine Amsel schrie irgendwo in den Büschen.

Ganz in der Nähe der Kapelle 7 entdeckte sie eine kleine Lichtung, in deren Mitte ein fast zugewachsenes Wasser lag. Aus dem Waldrand trat eine überlebensgroße weiße Frau auf die Lichtung, mit strengem Gesicht und barbusig, die zwei junge Menschen an den Haaren hinter sich herschleifte. Die Frau hatte langes, glattes Haar und sah zugleich ernst, wild und entschlossen aus. Das Mädchen, das sie ungerührt hinter sich herzog, war schlaff und tot, während der Mann an der anderen Seite, sich verzweifelt wehrend, doch schon in sein Schicksal ergeben war. Es war deutlich, daß der Tod auch ihn nicht entkommen lassen würde. Bella stand eine ganze Weile vor der Statue. Es war das erste Mal, daß sie den Tod weiblich dargestellt fand. Die Idee gefiel ihr, auch wenn sie nicht sicher war, ob die Ausführung gelungen war.

In den Anblick der Statue versunken, bemerkte sie nicht die zwei Männer, die hinter dem nahe gelegenen Jenisch-Mausoleum zu ihr herübersahen, ohne daß sie selbst gesehen werden wollten. Hätte sie sie bemerkt, wäre vielleicht an dem, was später geschah, etwas zu ändern gewesen. Mit dem beruhigenden Gedanken, daß der Tod stärker und weiser ist als die Jugend, wandte sie sich schließlich von der Statue ab und ging zurück zur Kapelle 7.

Schon von weitem sah sie eine Gruppe von Frauen neben der Kapelle stehen, darunter Karen Arnold, die einen Hosenanzug aus leuchtend grüner Seide trug und flache blaue Sandalen, und Marianne Korthum, ganz in Schwarz, mit einer riesigen roten Stoffblume am Revers des Kostüms.

Bella blieb etwas abseits stehen und blickte sich um. Es war niemand zu sehen, außer einem schwarzgekleideten Mann, der aus der Tür der Kapelle trat und den Frauen zuwinkte. Die Frauen setzten sich in Bewegung. Bella folgte ihnen. Sie traten ein und gingen in die rechts vom Mittelgang stehenden Bänke. Karen Arnold und die Korthum setzten sich in die erste Reihe, jeweils fünf Frauen in die Reihen zwei und drei, Bella saß allein auf der letzten Bank. Weder die Korthum noch Karen Arnold hatten ihre Anwesenheit zur Kenntnis genommen.

Vorn war auf einem schwarzen Holzgestell das Gefäß mit den sterblichen Überresten ihres ehemaligen Auftraggebers aufgebaut worden. Bei dem Anblick konnte Bella nicht umhin, an den zweiten braunen Umschlag in ihrem Schreibtisch zu denken, der noch zwei unangebrochene Tausender und etwas Kleingeld enthielt.

Aus der Seitentür tauchte der schwarzgekleidete Mann auf, der sie hereingewinkt hatte und verschwunden gewesen war, als sie eintraten. Er schloß die Tür betont leise hinter sich, ging mit langsamen Schritten nach vorn und stellte sich neben den Ständer mit der Urne.

In der Kapelle hatte sich eine gleichgültige Stille ausgebreitet. Die Frau, die direkt vor Bella saß, hatte ein kleines, mit weichem Handschuhleder bespanntes Gerät aus der Handtasche geholt und polierte damit sorgfältig ihre unlackierten Fingernägel. Einen Augenblick lang war das leichte Geräusch des über die Nägel fahrenden Leders der einzige Laut in der Kapelle. Dann begann der Mann zu sprechen.

Verehrte Anwesende, da es mir untersagt worden ist, dem lieben Toten zu Ehren ein paar Worte zu sagen – hier machte er eine Pause, die niemanden beeindruckte –, bitte ich Sie, mir zu folgen.

Er nahm von dem Gestell ein schwarzes Brett mit der darauf stehenden Urne herunter und verließ mit einer Art feierlichem Paradeschritt die Kapelle. Die Frauen folgten. Neben dem Gestell hatten keine Blumen gestanden, und niemand hielt Blumen in den Händen. Während des kurzen Weges sprach niemand ein Wort. Bella sah vor sich die bunten Rücken der Frauen und ganz vorn vier schwere, goldene Troddeln, die an den Ecken des Urnenbrettes befestigt waren und im Takt des feierlichen Paradeschrittes hin und her schaukelten. Später hätte sie nicht sagen können, wo genau die Grabstelle lag, auf der die Asche des Verstorbenen niedergesetzt worden war.

Alles ging ohne ein weiteres Wort vor sich. Die Frauen wendeten sich ab, noch während der Schwarzgekleidete das Gefäß zurechtrückte. Bella fragte eine der neben ihr stehenden Frauen, wohin sie anschließend fahren würden.

Zu »Carlino«, antwortete die und stieg in den kleinen, komfortablen Bus, der neben der Kapelle stand.

Mein Gott, habe ich einen Hunger, sagte eine rundliche Blonde und kletterte hinterher.

Bella ließ sich Zeit. Langsam fuhr sie den Wagen über die breiten, ruhigen Friedhofsstraßen, die Fenster heruntergedreht, und genoß die Abendluft. Vor dem Friedhof parkte sie und suchte eine Telefonzelle. Sie fand eine zwischen zwei Steinmetzwerkstätten.

Nachdem sie die Adresse von »Carlino« im Telefonbuch gefunden hatte, ging sie zurück zum Wagen. Unterwegs blieb sie vor den ausgestellten Grabsteinen stehen und bestaunte das durch kleinbürgerliche Ewigkeitswünsche behinderte Künstlertum der Steinmetze. Oder war es gerade so, daß die Vorstellungen der Grabsteinhersteller sich auf wunderbare Weise mit denen der Hinterbliebenen verbanden? Jedenfalls waren die Ergebnisse beeindruckend fürchterlich.

Ein älterer Mann, der sich an einem Grabstein zu schaffen gemacht hatte, der aussah wie eine Vogeltränke für gehobene Ansprüche, bemerkte Bellas bewundernde Blicke. Er nickte ihr freundlich zu und trat näher heran.

Das geht alles den Bach ab, sagte er traurig. Sehen Sie ruhig noch mal genau hin.

Bella blickte ihn fragend an.

Krisenbranche, sagte er. Sie glauben nicht, was wir im letzten Jahr für Umsatzeinbußen hatten.

Nanu, sterben die Leute weniger?

Ach wo, nur anonym, antwortete der Mann verächtlich. Keiner will sich mehr die Mühe machen, ein Grab zu pflegen. Und die Kosten für einen Grabstein sind ihnen auch zu hoch. Natürlich für einen schönen Grabstein – er tätschelte liebevoll einen ehemals schönen Granitbrocken, der zu einem verzerrten Rechteck zurechtgehauen, blank poliert und mit drei goldenen Rillen versehen worden war, – für einen schönen Grabstein muß man schon ein paar Tausender lockermachen. Aber für Kunst und Kultur haben die Leute eben heute keinen Sinn mehr. Besonders im Norden, je höher rauf, desto schlimmer. In Flensburg geht schon mehr als die Hälfte anonym unter den Rasen...

Er machte eine Pause, sah gequält vor sich hin und sagte dann: In Bayern soll das anders sein, aber was soll ich in Bayern?

Die Frage konnte Bella nicht beantworten.

Sie wandte sich ab und ging weiter. Am Beginn der Rede hatte sie den Mann nur komisch gefunden, jetzt dachte sie über das Wort Friedhofskultur nach. Sie war fast versucht, ihm ein klein wenig recht zu geben.

Als sie den Wagen gewendet hatte und an ihm vorbeifuhr, stand der Mann noch immer neben dem zerstörten Granitblock. Seine lange, lederne Schürze hatte die gleiche rötlichbraune Farbe wie der Stein. Sie war auch fast so blank.

Bella fuhr an der Außenalster entlang, bog nach rechts in den Harvestehuder Weg ab und parkte den Wagen am Ufer. Die Lichter auf der Terrasse von »Carlino« waren angeschaltet worden, obwohl es noch nicht dunkel war. Um diese Zeit war das Lokal ziemlich leer. Das spärliche Publikum bestand aus einer kleinen Gruppe von Japanern und zwei verspäteten alten Damen, die gerade unruhig nach ihren Handtaschen griffen. Sie würden kaum vor der Dunkelheit nach Hause kommen. Und die Stadt war voller Handtaschenräuber.

Bella sah suchend über die Tische. Dann hörte sie die Stimmen der Frauen und entdeckte sie in einem Nebenraum, dessen Fenster bis zum Boden gingen. Eine Kellnerin hielt sie an und bedeutete ihr, daß dort eine geschlossene Gesellschaft sitze. Bella, die sich gerade überlegt hatte, daß sie die Tür im Auge behalten wollte, machte kehrt und setzte sich an einen der leeren Tische. Wenn sie den Blick nach rechts wandte, hatte sie die

Eingangstür gut im Blick. Die Frauen saßen etwa zwanzig Meter von ihr entfernt. Sie hatten offenbar schon etwas getrunken, denn sie sprachen durcheinander und lachten laut.

Bella bestellte die fettesten Nudeln, die sie auf der Karte finden konnte, und trank einen trockenen Martini, während sie auf das Essen wartete. Sie saß mit dem Rücken zum Wasser. Vor ihr lag das Alsterufer. Hellgrüne Weidenzweige hingen auf der Wasserfläche. In einer Höhle zwischen der Wasseroberfläche und den tief herunter hängenden Zweigen saß eng aneinander gerückt und regungslos ein Liebespaar in einem Boot.

Drüben bei den Frauen wurde die Stimmung ausgelassen. Schließlich wurde die Korthum sogar gedrängt, eine Rede zu halten. Sie stand auf. Das Glas Cognac, aus dem sie gerade getrunken hatte, behielt sie in der Hand. Die Frauen wurden still. Im Restaurant war jetzt niemand mehr, außer Bella und der Kellnerin.

Die Korthum hatte zuviel getrunken. Sie schwankte, suchte nach Worten, und die Worte kamen undeutlich aus ihrem Mund. Bella strengte sich an, um zu verstehen, was sie sagte. Sie sah der Korthum auf den Mund und behielt gleichzeitig die Tür im Auge.

Langsam trieb der Kahn unter den Weidenzweigen hervor. Sie sah ihn erst, als er nah an die Glasfenster herangetrieben war. Und auch dann hatte sie eher gespürt als gesehen, daß sich ein Schatten näherte. Erst als es zu spät war, wandte sie den Kopf nach links. Auf der vollkommen ruhigen Wasserfläche lag ein plumpes, hölzernes Boot. Am Ruder saß Korthums Gorilla. Der Mann neben ihm hatte ein Zielfernrohr auf das Gewehr gesetzt. Er schoß in dem Augenblick, als Bella ihr Gesicht der Korthum zuwandte. Die sah den Männern entgegen. Das Glas splitterte. Dann rutschte sie langsam unter den Tisch, bis sie mit dem Kinn an der Tischkante hängenblieb. Die Frauen starrten fassungslos auf die Tote. Merkwürdigerweise fiel Bella der Teil eines Gedichts von Brecht ein:

> Ich bin ein Dreck, aber es müssen
> Alle Dinge mir zum Besten dienen, ich
> Komme herauf, ich bin
> Unvermeidlich, das Geschlecht von morgen
> Bald schon kein Dreck mehr, sondern
> Der harte Mörtel, aus dem
> Die Städte gebaut sind.

Sie stand auf und ging zu den Frauen hinüber.

Bleibt sitzen, Mädchen, sagte sie. Ich rufe die Polizei.

Am Ufer startete ein Wagen.

Die Waffen der Frauen

Elisabeth Barillé
Maries Begierden
9818

Julie Burchill
Die Waffen der Susan Street 9810

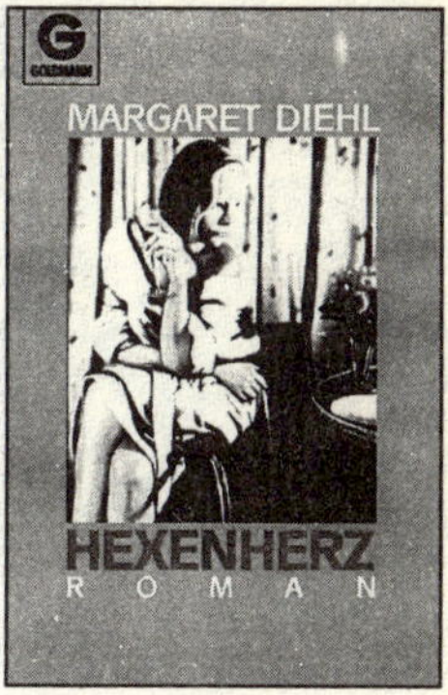

Margaret Diehl
Hexenherz
9838

Ingeborg Middendorf
Etwas zwischen ihm und mir 9164

Shirley Lowe/Angela Ince
Wechselspiele
9613

GOLDMANN